那些女婚后才发生的事

女性的婚姻使用说明书

[韩]英朱 著

张容榕 译

北京联合出版公司
Beijing United Publishing Co.,Ltd.

希望这片土地上的女性,不要把悲惨婚姻的模式代代传承下去,维持婚姻者,能够摆脱不幸,独自生活者,能够获得幸福。

——英朱

目录
Contents

自序 不了解造成反复不幸

　　6/ 婚姻状况确认表

自觉 守护自己姓氏的基本准则

　　11/ 跳出父母的框架与世俗的期待

　　15/ 不因他人的评价怀疑自我

　　19/ 媳妇无法表达自我的原因

　　23/ 比起不确定的期待 全面预防更重要

　　26/ 想成为世俗标准好女人 反伤于己

　　30/ 父母也是客人

　　34/ 孝行中的不孝

　　39/ 自觉的相关建言

变化 不把婚姻变成监狱的建言

43/ 无法表达的感情易产生伤痛

47/ 婆媳之间的悲哀

51/ 都是妈妈把我养成这样子的

56/ 孩子独立 同时妈妈也开始独立

60/ 依赖不是爱

64/ 乖巧善良的女人没有福气

69/ 拒绝只有女人该承担的责任

73/ 变化的相关建言

突破 维持健康关系之夫妻吵架技术

77/ 想要被礼遇 就应先礼遇自己

81/ 不检视情绪

86/ 没有不变的爱情

90/ 夫妻之间必须遵守的义务

95/ 给男人：聪明的翻译方法

99/ 对于对方提出的意见需马上给予反馈与呼应

103/ 互相交换情感票券

108/ 不只钱需要存款 关系也需要存款

114/ 彼此能接受的程度

119/ 我每天都想离婚

124/ 突破的相关建言

独立 没有依赖的自主提案

127/ 脱离关注与依赖

131/ 不要把任何人排除在外

136/ 只用想法什么也控制不了

141/ 不随着时间流逝成为大人

145/ 为自己留下时间

150/ 我的经济独立奋斗期

155/ 找到输出真心话的途径

161/ 充分哀悼伤处

165/ 这不是你的错

170/ 独立的相关建言

前进 朝向更好未来的建言

173/ 教训中的奇迹

178/ 把每天做的梦磨成自己拥有的东西

182/ 面对问题没有那么痛

187/ 不再哭泣

192/ 什么令我不安

197/ 我们不是微不足道的存在

201/ 抛弃幻想 认真生活

205/ 前进的相关建言

结语 像我一样挺自己

自序
不了解造成反复不幸

结婚时，如果我们收到的祝福不是"白头偕老"，而是"婚姻的开始与结束都可以自由选择"之类的忠告，我们对婚姻的理解会不会变得不同？事实上，只要感到吃力，你随时可以递上"辞职信"、放下作为妻子的职责，也可以选择向妈妈的角色告别。

我结婚已经三十一年。前二十三年，对此从没有产生过任何想法，只是生活着，以为自己最终会以媳妇、妻子、妈妈的身份老去，也认为人生中的所有，都再没有选择余地。不管做什么，都觉得漫长，身心俱疲，全无活力可言。

总是任由别人来主导我的方向，正是我婚姻生活悲剧开始的原因。如果哪天人生的方向盘空了、没有人掌握了，我会自然而然地想："应该还会有谁来指引我的人生吧？"

有一天，人生平淡无奇的我，开始记录不幸的婚姻生活中的点滴，记录那忽明忽暗、即将消失的人生。写作突然像照镜子一般，让我开始关注自己，看到自己在婚姻中失去的自我。结婚第二十三年，我宣告自己婚姻的结束。"就到这里结束吧……"虽然声音很小，但却很果决。这是结婚以来我第一次向丈夫表达自我意见、向公婆和孩子表示不再继续婚姻和目前的角色。从这一天起，我才打开了为自己活下去的门。当然，开始变化的并不是只有我，丈夫、女儿、儿子、公婆等所有人，也同时从这一天开始为自己而活。

之后的八年虽然与我之前的人生迥然不同，却让我开始握紧了属于自己的方向盘。无论要前往何方，都有了掌握自己方向盘的力量。是的，无论生活多困难，只要能为自己做主，都可以坚忍地活下去；而一旦自己无法选择，就算再小的困难，也会让人觉得辛苦、不可能克服。

现在，我不会再忘记为自己存在，因为尊重自己，他人也必定同等地尊重我。

现在，虽然不在家庭生活中以媳妇、妻子、母亲的角色"工作"，却还是以媳妇的角色和公婆见面，是别人曾经的妻子，同时也还是女儿、儿子的母亲。和以前不一样的是，所有关系都随着我的选择而有所不同，过去会因为家人而感到痛苦，现在却因为他们而感到幸福。

生命之所以可贵，是因为有死亡的存在。婚姻也是如此。如果知道婚姻有尽头，那自然会懂得珍惜。

《多马福音》（*The Gospel of Thomas*）一书里记载："如果能唤醒内在的自我，就能救活自己；如果无法唤醒内在的自我，则将毁灭。"福音书代表着好消息的传递。对我而言，好消息就是人生中的所有选择都能自己做主。如果能察觉到这点，相信便能救活"已故"的自我。

虽然我的婚姻沉重、不幸，但渺小微弱的我却唤醒了自我，并帮助自己离开了那个又黑又长的隧道。现在不管遇到什么，我都能靠自己的选择来面对未来的人生，做到完完全全为自己做主。

一转眼，我的孩子也到了适婚年龄，希望这本书能对将成为别人妻子、丈夫的他们有所帮助。也献给如同过去的我一般，被捆绑在媳妇、妻子、母亲角色里的所有失去自我的女性。

这本书仅是我个人的生活经验，希望读者能放松地看完。如果有人能因此而获得希望，找到新的生存方式，我将深感欣慰。也希望我的儿女以及年轻的夫妇们，不要重蹈我的覆辙。

英朱

二〇二〇年五月

婚姻状况确认表

○ 对于一个人的生活感到孤单　　　　　　　　YES ☐ NO ☐

○ 如果相爱，结婚后即便遇到风风雨雨也都能克服
　　　　　　　　　　　　　　　　　　　　　YES ☐ NO ☐

○ 我很了解对方对我的期待　　　　　　　　　YES ☐ NO ☐

○ 是夫妻就彼此没有不知道的秘密　　　　　　YES ☐ NO ☐

○ 曾经下定决心："绝对不要活得像妈妈一样。"
　　　　　　　　　　　　　　　　　　　　　YES ☐ NO ☐

○ 如果是幸福的婚姻，那爱就不会变　　　　　YES ☐ NO ☐

○ 得到男人爱的女人是幸福的　　　　　　　　YES ☐ NO ☐

○ 夫妻之间从不争吵，或者相信幸福婚姻就不应吵架
　　　　　　　　　　　　　　　　　　　　　YES ☐ NO ☐

○ 曾经想生气却以哭泣来表现，或者只是想哭泣却用生气来表现　　　　　　　　　　　　　　　　　　　YES ☐ NO ☐

○ 说了也不会有所改变，于是选择沉默　　　　YES ☐ NO ☐

○ 曾经说过或听对方说过："有些事一定要说出来才行。"
　　　　　　　　　　　　　　　　　　　　　YES ☐ NO ☐

○ 为了家庭的幸福与和平，要一辈子牺牲、顺从。
　　　　　　　　　　　　　　　　　　　　　YES ☐ NO ☐

○ 我和配偶父母产生不和时，配偶应站在我这边
　　　　　　　　　　　　　　　　　　　　　YES ☐ NO ☐
○ 说话曾以"如果爱我的话""如果是我的丈夫(妻子)的话""如果是家人的话"当开头　　　YES ☐ NO ☐
○ 虽然我不幸福，只要我的小孩幸福就好　　YES ☐ NO ☐
○ 一天难有属于自己的一小时时间　　　　　YES ☐ NO ☐
○ 对方认为我有错，是因为我不够好　　　　YES ☐ NO ☐
○ 对方认为我有错，全都是对方的责任　　　YES ☐ NO ☐
○ 分居或离婚就意味着婚姻失败　　　　　　YES ☐ NO ☐
○ 一个人生活时，没有计算过一个月所需的生活费
　　　　　　　　　　　　　　　　　　　　　YES ☐ NO ☐
○ 相互未曾谈论过自己想要的爱是什么　　　YES ☐ NO ☐

● YES 数量超过一个

脑海中是否存在"幸福婚姻"的幻想？现在请删除对于婚姻的浪漫想象，健康婚姻关系必须由双方共同努力。对互相伤害的婚姻提出"辞职"，一起来撇除对理想家人的幻想吧！

自觉
Conscious

守护自己姓氏的基本准则

如何生活,
若不是自己去寻找答案,是无法学习到的。
经过碰撞、学习才能创建自己的人生,才能不再作为父母的附属,以完整的成人再次诞生。

跳出父母的框架
与世俗的期待

十年前我曾做过一个梦,梦里我依次写着家人的名字。首先是丈夫,然后是儿子、女儿,最后才是我的名字。

在梦中我发现,我的姓氏被丈夫的姓氏所取代了。而我的名字应该是金英朱……

不是忘了自己的姓氏,而是岁月的流逝让我无意识地写上了丈夫的姓氏。结婚二十多年,我已不是金英朱,而是婆家的人,在他家我是最后一个顺位。

在他家,我地位低下,具体体现在八十多岁的公公预先准备好的家族墓地名单中。公公认为在他死前必须准备好家族墓地,这是日后家人们共同下葬的地方,这样公婆死后也不必再麻烦子女寻找墓地。

家族聚会时,公公安排了关于墓地的具体事宜,共二十七区,宣布公婆、叔叔夫妇、丈夫与身为长孙的我的儿子,以及长孙未来的儿子的骨灰都能放入墓中。对我和妯娌，公公也像是给予了特别待遇似的表示，媳妇们也可以一起入葬。但我的内心是拒绝的："我，不想，最后以这个家的媳妇身份入葬！"

此时，我突然想起一位朋友。我婚后不久，收到了她的死讯。一场交通意外带走了她。因为父母很早去世，她的婆家坚决反对他们的婚事，直到她怀孕八个月，才好不容易结了婚，住进了婆家玄关旁的房间，开始了婚姻生活。但生活艰难的她，最后却独自带着小孩住进了位于首尔近郊的一个出租的地下室里。

终于逃出婆家的她做着贴一个领带商标挣五毛钱的兼职。我见到她时，她在大白天也需要开灯的地下室里，一面喂奶，一面工作，但看起来心情却很愉快。而她两年多的婚姻，也在那间地下室中结束。如今想到如此荒谬地离开人世的她，我的心中满是不舍与说不出的苦涩。

她死后，被安葬于婆家墓中。虽然是个不讨人喜爱的媳妇，却因为生了个儿子，在死后得到认可，得以入葬。进了祖坟，这才成为婆家永远的一分子。我虽然庆幸她还有葬身之处，内心却感到无比愤怒。

对于已婚女人死后也要当婆家的鬼这种传统，我感到不可思议,并且非常抗拒。过去的我,觉得此事非常自然,并且以为自己从结婚到死,都无法摆脱媳妇的角色,终此一生都只能作为某某人的妻子、某某人的妈妈生活下去。

过了五十岁,我深感剩余的人生不应只作为某个角色,而应该是为自己而活。正因如此,我将笔名取为英朱,没有挂亲生父母的姓氏,也没有挂丈夫的姓氏。这是一个完全属于我的名字。

亚洲有一句俗话:小孩继承了父亲的骨头、母亲的肉身。我们都是继承了父母的骨肉、祖先的根,就连父母的气质、性格、人生态度也都代代传承了下来。

在过去很长的一段时间里,我不知道自己是谁。因此也没有自己的想法,不了解自己的情感。不知道自己究竟想要什么,忘了自己为什么在这里,应该做些什么,要去哪里。很多事情,以为是自己的判断做出的选择,但大部分时候却只是承袭了父母的习惯而已。表面看我是自己独立的个体,其实却只是跟随着父母的信念活着而已。然而那是父母的人生。不是我的。他们的想法佯装成我人生的信念,映射在我的人生里。我想,我应该颠覆它们,与其背道而行。这未必是打破父母禁锢、世俗框架、过去习惯的最佳方法,但已经是时候向世上所有的理所当然发起诘问与挑战:"为什么这是理所当然的?这是我真正想要的吗?这是对他人有利的,对我也有利吗?"

生活,必须亲自去找寻答案,不然是无法搞明白的。经过碰撞、学习才能创建属于自己的人生。面对未来,我会像刚出生的孩子一样不停提问。而对于我,作为父母附属的那个孩子已死,我想以全然的自己重生。

不因他人的评价
怀疑自我

"王子与公主从此过着幸福、快乐的生活。"这句话常是童话故事的结语,不过现实生活却是在这句话说完后才真正开始的。新婚夫妇在收到婚礼上所有人的祝福后,走向现场华丽的出口,正如走向另一段人生。因此,在韩国传统观念中,女性的婚礼即葬礼,婚姻即坟墓。

走入婚姻的女子,往往在社会上备受疏离。没有人在意婚后的女性如何生活。因媳妇、妻子、母亲的身份而遭受的不平等比比皆是,而这些都被视为是女性自身的问题。她们在现实生活中,要么得顺应他人,要么就是干脆放弃要求,很难独自一人称心安稳地生活。于是鸡毛蒜皮的人生,让她们纠缠在婆家与自家之间,而复杂的问题又造成了夫妻不和,给子女带来恶劣影响。这样状态下的女性,很难过得快乐。试想,作为家庭核心的女主人不能过得很好,这个家能过得好吗?

《媳妇的辞职信》的读者善英，小时候在家从来没有听到过母亲与奶奶大声说话，在她的家人心中都有"女人不能大声说话"的观念，认为这样才是有教养的女人，更别提女性说脏话了。直到善英母亲七十岁时，母亲似乎认为年长的女人就不再是女人了，善英才第一次听到母亲说了句脏话。承袭了家里老一辈女性的观念，善英身上也深深刻印着这样的人生准则。她以"可恶的教养"来形容自己身上的束缚。这可恶的教养让长媳身份的她，必须操持婆家的所有家事、祭祀，并对他们提供经济援助，甚至丈夫弟弟出车祸都由她负责处理，并且不能表现出任何的不平、不满，因为她是有教养的女人。在她这里，比起自己与丈夫的小家庭，婆家的事务才是最重要的、优先的。然而，即便她付出了所有，婆婆仍然是不满意的。善英常被视为是个问题很多的女人，而一切付出都是媳妇应该做的，在婆婆的观念里仍然是"媳妇好命遇到了我儿子"。

善英结婚二十一年来，每每在婆家遭遇不公平，然而即便是感到愤怒，她也不知问题到底出在哪里、自己该如何应对，导致生活过得非常艰辛。每当向丈夫诉说这些遭遇或者婆婆的态度，丈夫也只会说："妈妈会活得比你久吗？你这么年轻，应该多理解一下老人家。"遇到这种情况，朋友们似乎也认为善英就是个欲望很多的人，试图教育她:"每个人都是这样生活的,谁没经历过这些呢?""你呀!就是太聪明了!所以才活得这么辛苦!有时候笨一点儿,不要想这么多,才安定呀!"为此,善英时常感到烦恼:"我才是那个奇怪的人吗?""别的女人都没有问题,为什么只有我这样疲倦?""真的是我想要的太多?要求太多了?"善英经常精神恍惚,思路好像被这些复杂的线团缠绕在一起,有时甚至担心自己会变成傻子,怀疑自己精神出了问题。对于善英而言,最大的烦恼是不明白自己与丈夫及婆家之间到底发生了什么。她在自己一直以来所学习的"女人的人生应如何"的大道理与截然不同的现实中的摇摆,道理与现实的冲撞,无奈又无理,让她困惑不已。

最大的问题反映在了善英女儿身上。她的女儿从十岁开始就不停地抓破自己的身体,导致自己除了脸部,全身上下满是伤痕,撕下血痂,又再抓出新的伤口,荨麻疹也相当严重,吃药也不见效,皮肤的新伤和旧伤一直伴随到女儿上大学,全身上下的伤疤导致女儿在夏日艳阳里也得穿遮盖到脖子的长衣长裤。

几年前,善英拒绝了婆婆让她履行儿媳妇义务的要求,丈夫立即向她提出了离婚,并停止支付所有生活费。当时的她不知该如何是好,迷茫中她阅读了《媳妇的辞职信》,从书中的故事确认婆家的行为是错误的,这才放下心来,决定不再忍受婆家无理的对待,也了解了媳妇"离职"并不是件奇怪的事。

此后,善英才将这二十一年间所有倾注在婆家的精神,完全转移到自己身上。在鼓起勇气,坦然地与婆家抗衡的同时,也开始准备自己的未来人生计划,准备自己的梦想,开始读书、学习。不久后奇迹发生了。善英女儿全身上下的伤疤不可思议地开始愈合,伤口上长出白净的新皮肉,女儿在夏天穿上了无袖上衣和短裤。善英不仅开启了自己的人生道路,同时也治愈了女儿。善英看着女儿,体悟到有勇气的行动,不仅让自己,甚至女儿都得以重生。

那么,我们的家庭状况现在是健康的吗?为了不失去自我而打起精神的女性们,常要承受异样的眼光与对待;而失去自我、顺应着那些陈旧婚姻观的女性,即便承受了所有不公,社会仍然觉得是理所当然。正视这些不公,会发现,作为一个女性,比起成为一个好媳妇,好好地对自己才是理所当然。

不要被囚禁于莫名其妙的男权世界里、不要别无选择地只以媳妇身份生存,现代女性们,你可以主动、积极地摆脱这些男权至上的社会洗脑模式。

媳妇无法表达
自我的原因

几年前,儿子推荐《82年生的金智英》一书给我,说是"像妈妈的三十岁版本"。我一口气读完,看到即使是八十年代出生的女性,都难以表达出自我内心的声音,这让我十分感慨。你看,我们活在一个媳妇得提起很大勇气,才能表达自我想法的社会。

我在一次读者见面会上,遇到了一九八二年生的陶陶。陶陶说她与大两岁的哥哥一起长大,父母从来没有差别对待,功课很好的她,在大学时期也比男同学更有领导力、影响力,能力总是受到大多数人认可,就业过程也较他人容易,在公司也是受到平等对待。结婚前,从未因为自己是女性而遭遇过与他人不同的待遇,也从未压抑过自己的想法。

她遇到了彼此相爱的男人,结婚半年来,她与丈夫互相尊重、地位平等,所以一直过得很好。但有一天她突然发现自己面对婆婆时，很难表达内心真实的想法。在她看来，因为对方是自己深爱的丈夫的母亲，所以必须给予足够的尊重与爱。因此只要有时间就会打电话给婆婆，就这样，每天请安的电话成了例行公事，打得多了，渐渐地变得无话可说，只是义务性地打过去。有阵子，她因为太忙，几天都没有给婆婆打电话，三四天后，婆婆打了过来，开头第一句话就是"你变了"。她赶紧向婆婆解释，不停地解释。挂掉电话后，她发现，她无法理解这样的自己。随着时间流逝，她越来越被这种压抑折磨到快窒息，也开始生自己的气，更不知道以后要对婆婆抱持什么样的态度才合适。陶陶在现场激动地提出了心中的疑问："为什么我会无法表达出内心的想法？"

二十世纪八九十年代，常以"过门"来表示女人结婚，因为当时大部分女性，都是嫁去婆家生活。当然我也是在婆家开始婚姻生活的。我的婚姻从开始就是不公平、不平等的。丈夫从未失去父母、兄弟姐妹、亲戚、家、邻居、朋友、职场等任何东西，而我在选择结婚的当下，就得抛弃所有：从公司离职，离开原本住的家与父母亲人，离开二十五年来一直生活的区域，搬到一个从未去过的社区，独自一人前往丈夫的世界。

在这个家的世界里，存在着看不见的直系关系顺位。女人不管婚前是什么样的生活，结婚后，一切皆要以"媳妇的职责"为第一优先，然而在这里的排序却并非如此。在我家，以公公为中心，先是公公的兄弟姐妹——伯父、叔父和姑婆，然后是我的丈夫、身为长孙的我的儿子、小叔子。由媳妇和女儿组成的女人们，则排在最后面，分别是婆婆、婶婆、小姑子，以及最底层的儿媳——我。

在这里，婆婆与媳妇的位置是不同的，了解这排位后，就不难理解为什么媳妇没有权利也难以表达自我意见了。在十多年前公公的生日会上，小姑婆制作了家族直系家人名单，总共有五十六名（这几年有结婚的、有生孩子的，现在已超过六十人），其中有婆婆，也有新媳妇。这名单更直观地体现了军队文化在婆家的存在。婆婆是老连长，而媳妇则是新任的二等兵……你看，即使是在很少共同生活的现代社会，也难以从家族组织中逃离。

在任一团体、聚会里，彼此地位平等，就能够表达自我意见。如同媳妇要尊重公婆一样，公婆也必须尊重已结婚的儿子与媳妇，不强调对方是自己孩子，而认真地以对待成人的方式来给予信任。儿子结婚后，就要像对待邻居夫妇一样，彼此尊重，这样方能化解前述矛盾。

某天，儿子突然对我半开玩笑地说："我结婚后，会马上和妻子一起写'媳妇辞职信'。"

一直以媳妇身份活到现在的我,呼一声,头脑中像有麻雀飞过。我呆了一下,从来没有想过自己有当婆婆的一天。随着子女到适婚年龄,我的立场也会和现在有所不同,我在未来一定要以相同的态度来对待女婿、媳妇才行,不要他们因为家里大小琐事和父母而感到负担。整理了一下内心后,我对儿子说:"嗯,儿子,这样很好。"

反复咀嚼儿子所说的话,我十分认同。他的话,意味着他在结婚后将切掉与父母的连接线,开始全新的家庭生活。婚姻应该是两个人的,若无法离开父母,两人的婚姻将会成为夫妻、公婆、丈人丈母娘六人的婚姻,夫妻仍停留在是父母的孩子的阶段,将给婚姻带来许多复杂的纠缠和问题。

结婚是离开父母、组成一个新的家庭。这是多么简单的事,但若无法遵从,就容易产生很多问题。而夫妻生活又该如何开始呢?这不仅仅是即将结婚的夫妻,也是双方父母需要思考的问题。结婚之前,父母与子女都须考量什么才是真正需要准备的。

比起不确定的期待
全面预防更重要

什么是婚前最需要准备的呢?父母面对即将迈入婚姻的子女又应该准备些什么呢?

这些问题的答案可以从电影《耶稣的女门徒》(*Mary Magdalene*)中找到。这是部有关耶稣的女门徒抹大拉的玛丽亚的故事。两千年前,女人都必须无条件听从父亲或兄长等男性的指示。抹大拉的玛丽亚的父亲安排女儿和已有六个小孩的男人结婚,玛丽亚向兄长小心翼翼地表示:"我想要拥有属于自己的人生。"兄长冷眼盯着她并指责她:"听从父亲的指示就是你的人生。"并在不想结婚的玛丽亚身上降下巫术,让鬼神附其身躯后,将玛丽亚多次抛入江水中,最后玛丽亚跟着耶稣离开了家人与故乡。耶稣的母亲玛利亚曾对这刚加入的门徒玛丽亚说:"想追随我的儿子,必须像我一样得准备些东西。""准备什么?""做好失去他的准备。"耶稣母亲的这番话,在当前,仍传递着相当重要的信息——即,将放下宝贝儿子的母亲以及即将与心爱男人结婚的女人，如何才能健康地生活。

若希望儿子结婚后能组成幸福家庭，婆婆得有失去儿子的准备，这样他才能以一个家庭的丈夫、父亲的身份重生；面对即将结婚的女儿也是如此，若希望女儿能以一个妻子、母亲的身份专注在自己的家庭，那身为母亲的妈妈也要送走曾经疼爱的女儿。

子女也需要做好失去父母的准备。我结婚时没有做好失去母亲的准备，虽然已婚，还仍然留在那身为女儿的身份里，心一直放在妈妈的身上。

即将结婚的夫妻双方，也需要做好失去彼此的准备。这奇怪的话，是什么意思呢？让我来告诉你！越是喜爱对方，越要做好"失去对方的准备"，这才是真正得到对方的方法。但过去我对丈夫是有期待的，同时也只忙着眼睛看得见的准备，二十五岁的我和二十七岁的他一起物色婚礼场地、结婚礼服、定做韩服、思考着两家的礼品项目、讨论着蜜月旅行的地点，还报名了烹饪课程，却从未思考过眼睛看不见的部分。什么是真正完美的婚姻、何谓夫妻相处之道、夫妻各自有着怎样的角色责任、我们的家庭应该如何建构、如何与陌生的婆家家人们建立关系等，在我的头脑中从未出现，就只做着相爱的两人婚后如何幸福甜蜜的梦。我纯真地想着只要是和爱我的丈夫一起，什么都不是问题，就算真的有什么发生，我和丈夫也一定可以一起克服。眼里只有丈夫的我结了婚，最后，婚礼结束的瞬间也失去了丈夫。

这样的婚姻，如同一次都没有检验的故障车辆向着荒凉的田野踩下油门踏板一样，一开始就冲向了悬崖。我把自己曾经依存在父母羽翼下的人生又原封不动地托付给丈夫，也把与自己相关的权利与责任都交付给了丈夫，就如同婚礼上父亲将新娘的手转交给新郎一样，没有"我"的存在。

等我清醒，却已是二十多年后了。我独自一人在田野里游荡，找着出路。虽然有点儿晚了，但我需要检查这辆出故障的汽车，然后改道。这时，我才第一次做起失去丈夫的准备，要担负起自己人生的责任，同时找回迷失的自我。然而，消失的丈夫此时却回来了。结果，我真正的婚姻，是从做好"失去丈夫的准备"后才开始的。

此后，我经常思考周遭哪些是对我来说珍贵的人。为了不失去他，去做即将失去对方的准备，这时才能真正地得到对方。

想成为世俗标准好女人
反伤于己

还有一个导致婚姻中的女性无法表达内心真实想法的原因，那就是内心深处想成为所谓的"好媳妇"。

其实结婚之初，我是下定决心"一定不要成为好媳妇"的，因为我知道扮演好媳妇，很容易迷失自我。但只知其一不知其二的我，当时却没有想过，其实有既能守护自己，又能建立健康婚姻关系的方法。我只是下定了决心，却没有找到方法，结果发现，我为了成为好媳妇，生活变得更加沉重和辛苦。

"好媳妇"的问题点，在于为了"好"而失去自己的声音。因为想当好人就得事事替别人着想，在意的总是自己的想法与意见会不会让别人感到不舒服，常常话到了嘴边却又再吞下肚。这种情况反复发生，有天自己的声音就会消失不见，原本拥有的特色、魅力、活力也会慢慢地相继消失。

我们往往会有梦见自己无法发声或属于自己的鞋子、包包消失不见的经历。生活中我们若遗失了某样东西，就会想办法找回，但是若遗失的是眼睛看不见的东西，又如何察觉得到呢？因此，要时常自我检视生活中的变化才行，一旦有所察觉，也一定要及时去找回。放任不管，就会慢慢地失去自己的珍视，甚至失去自我。

我刚住进婆家时曾感到很恐惧，妈妈向即将结婚的我分享了好几个自己的经验，如何应对这些恐惧以及如何当一个媳妇。

"你婆婆是个很好的人，所以只要你好好做，就会被疼爱。"

妈妈一辈子尽了最大的努力，伺候性格孤僻的爷爷。爷爷晚年中风后，妈妈开始了为爷爷把屎把尿的生活。她常常要提着沾到大便的衣服到山下河边清洗；在那白米很珍贵的年代，就算自己没饭吃，也一定要让爷爷吃到，察觉到一切的爷爷也一定会留下半碗饭，而留下的这半碗饭妈妈却给了儿子与侄子吃，自己则以锅巴泡水来填饱肚皮。爷爷常说："世上再也没有像我儿媳那么好的人了。"直到爷爷离世前仍不断称赞着妈妈，不管妈妈说什么，即使她说今天太阳打西边出来了，爷爷也都会无条件相信。这就是妈妈以自我牺牲换取的认可。

妈妈强调说:"公婆的爱取决于媳妇怎么做。""只要你好好做"这句话意味着要我像她一样好好地为家庭牺牲,当然,当时的我也认为"自我牺牲"是让自己在婆家得到宠爱的最佳方式。但我无法像母亲那样生活,我只是希望公婆能喜爱自己,希望自己在婆家能成为一个有存在感的媳妇。想得到疼爱,这个心愿,让我难以表达出自我想法。

试想,妈妈口中的牺牲意味着什么?抛下自我的牺牲,换得的认同,真的那么重要吗?无可否认,妈妈的牺牲是有意义的,她照顾了中风的公公,又养育了侄子、儿子。但我的婚姻并不需要这种程度的牺牲,也没有需要如此牺牲来照顾的对象。相反地,公婆为了让身为媳妇的我适应婆家的环境,时常体恤、照顾着我。没有人要求我牺牲,但我内心深处有着母亲种下的种子,让自己在不需要牺牲的环境中,主动、积极地扮演着付出的好媳妇角色。我总是将婆家的事摆在第一位,全力以赴地去做,这样的主动付出,让我原本应该为自己付出的心力、精神渐渐地消失了。之后,我为家庭付出所有心血,这种付出让我疲惫不堪,而我的孩子也因我的疲惫备受影响。

"好媳妇"接下来就是"好妻子"。我也很想从丈夫口中听到"再也没有像你这么好的妻子了"这样的评价,也期待得到丈夫所有的爱。然而即使每天在一起,也依然无法从丈夫那里听到这样的表达。讽刺的是,越想得到,丈夫的爱却离我越远。而我明知不能因为害怕失去而忍耐,却依然忍耐下去,持续过这种愚蠢的日子。

付出全部的女人,心就像空荡荡的储藏室一样,是无法为自己留下什么的。牺牲对任何人都没有好处,我不能再这样生活下去了,我对自己说,我得找回为了成为"好媳妇"而失去的所有,找回原本的自我。虽然恢复自我的过程就像过去流逝的岁月一样漫长,但我愿意一个个去寻找回来。

人往往在失去后,才知道自己最珍贵、最重要的是什么。现在的我,已经能够守护自我。

父母也是客人

婆家和我们家曾分住上、下层，不知道是不是一同住了八年的缘故，后来即使分开了，公公仍将我们家视为他自己家。不管什么时间，公公都是随随便便打开大门就进来。公公的突然闯入，多次让只穿着内衣的我慌乱不已。当时除了沉默，我不知该如何反应，连句"爸爸，请您来我们家时，按下门铃"都不敢说出口。不知如何是好的我，在某天悄无声息地换了大门的密码。我没有想过去寻求其他不伤彼此又能当面解决的方法，一心只想着自己突然面对公公时的尴尬。这严重伤害了公公的情绪。他发现后非常生气，怒气冲冲地对我们说："如果我是不能自食其力的老人，我早就自杀了。"听了这话，感到不安的丈夫答应马上改回原来的密码，但我并没有改，伤心的公公在那之后，几乎再没有来过。

这种大大小小的不和，发生在各个家庭里。

三十多岁的英顺也有着相似的烦恼。她有个随时都会光临的妈妈，这让她十分有压力。尽管已经不住在一起，但妈妈仍然像过去一样对着女儿发牢骚、干预生活中的大小事，从进到玄关开始就一面整理摆放不齐的鞋子一面长篇大论；如果和爸爸吵架也从不在意女婿的眼光，硬是要住好几天才回家。

英顺最无法承受的是妈妈的唠叨，妈妈却认为这就是对女儿爱的表现。受不了的英顺常以"我很忙""我有约会"拒绝妈妈的来访，但都起不了多大的作用。一次，受不了的英顺当面对妈妈说："再唠叨，就不要再来了。"妈妈大声呵斥："这是我家，为什么不能来？"

因为有着"孩子的家就是我的家"的认知，妈妈从来没有考虑过英顺的立场，还开始指责起她："我是怎么把你养大的？养你这种女儿真没用。生活再难，我也供你到大学毕业，现在开始瞧不起妈妈了。"一阵争吵后，英顺也因为自己好像是个不孝女而感到沉重。

这就是因为没有事先明确界限而引起的冲突。婚后的夫妻首先要做的功课，就是为两人的家树立好坚固的篱笆。若因对方是父母、手足、朋友，便放下篱笆随意往来，往后就无法保卫这个家。试想，如果不管什么人都可进入你的家，甚至把它当成自己的家，温暖的家就变成了村子里的广场。一旦如此，则家人难以感到安稳，妻子、丈夫、小孩，任何人都有可能因此疏远这个家。因此，不管在什么样的关系里，不去划定界限都是相当危险的。

妈妈的父母去世早，她在十岁时失去了母亲，十二岁时又失去了父亲。妈妈小时候生活在中国东北，1949年后回到了故乡，和她的外祖父母居住在日本人留下的宅第里。她的外祖父母在世时，谁都不敢任意侵占这所房子。在她的外祖父母相继离世后，亲戚们恣意进入屋中，一个个地将房间霸占，到后来甚至还要求她交出主卧、换住到玄关旁的小房间里。幼小的妈妈没有办法保卫自己的家。

我的童年也持续上演着自己空间被侵占的事。小时候，家里总是住着不知隔了几门子的叔叔、姑姑、表哥等人，自家人住都嫌小的房子，总是会多一两人同住，有些人住久了还以为自己是主人，经常发牢骚。幼小的我一点儿也不想和他们生活在一起，却一直无力表达出自己的想法。

这样的我，从小就没有"只有我们的家""我的房间"，无论在哪儿都无法感受到安稳，也很难对我的家、我的兄弟姐妹产生归属感。属于我的家，不知道什么时候会被侵占，这让我一直感到不安，也因此非常敏感，一直处在一种防御他人的状态。我的父母可能认为亲戚住在同一屋檐下就是一家人，却不知道正因此，加深了我对人的疏离感。

在动物世界里，领地非常重要，为争夺领地而战斗到你死我活的事情时有发生。动物都如此，何况是人呢？保护属于我的领域、我的家不受侵占是一个主人、一对夫妻的责任。

那么，当一个家庭里的子女结婚时，该怎么办呢？

新家的主人，当然是刚结婚的夫妻。婚前是母家的子女，但婚后就是新家的主人。进别人家时，即使是父母也应该请求新家主人同意。关于这种界限的设定，没有例外。若没有在最初明确地划定界限，父母与子女之间的界限会变得模糊不清。最初父母会认为划清界限的子女冷血无情，心里感到不是滋味，甚至可能会生气，说不定会气到要断绝关系；身为子女，也可能会因为要和父母划清界限而感到烦恼、矛盾。即使如此，界限却依然是能维持家中和平的一条线。

明确领域是首先要处理的事。因为必要的界限，就如同家家户户的墙与门、防盗锁，都是为了守卫领域所设下的重要安全装置。请放心，划定界限并非自私的行为。别忘了，是要对外敞开大门还是深锁门户，是房子主人的权利。

孝行中的不孝

我们常常将结婚以后和父母无界限、无门槛相处的态度称为孝顺,并且称赞子女照顾父母的行为。因为体谅渐渐老去的父母,这让家庭关系看起来似乎很好,但是并不是父母年纪大了,子女就必须无条件照料。当然,这并不是指关心年老父母是不好的,而是说过分地照顾健壮父母,一个不小心,容易让父母更快进入需要拐杖才能生活的境地。我们有必要更深入地思考父母与子女间的关系。

一位朋友,结婚初期体谅七十多岁独居的婆婆,一直亲自接送婆婆到医院、帮忙处理银行业务等外部事务,丈夫内心很感谢妻子,这朋友也认为这些事是作为儿媳应该做的。那么换一种情境,若是长辈没有生病,也没有行动不便,有必要代为处理所有事务吗?现在朋友的婆婆如果没有人带她出去,就哪里都无法独自前往,子女若没有在旁伺候,在家里就一动也不动。连距离很近的餐厅都必须朋友开着车载着她去，甚至是到社区里的诊所，婆婆也一定要等子女回来后才一起去。朋友哭丧着脸表示，这些事好像都变成了理所当然的日常，而朋友不在家时婆婆就像是没有鞋子无法出门的人。

我也有过类似经历。妈妈四十一岁时，我父亲去世，子女们都结了婚，妈妈开始独居。作为大女儿，我虽然结婚了，但时常去找妈妈。有什么事，都迅速跑去帮忙处理，常常给妈妈带去她喜欢的东西，并且随时去帮忙做家务。有一天，我猛然发现，比起自己家，我总是在优先处理妈妈的事情。妈妈的事情优先级总是最高，这说明我是多么忽视自己与自己所属的家庭，觉察到这一点的瞬间，我开始尝试拉开与妈妈的距离。

很长一段时间，我都没再回娘家，直到妈妈生日那天。当我要回自己家时，陪我走到公交车站的妈妈说："你不常回来，让我很孤单。"

这是妈妈第一次开口表达自己孤单，一听到这句话我差点儿脱口而出："我会常回家的。"但还是克制住了。身为女儿，我感到很痛苦，但是我告诉自己，妈妈的孤独并不是我的责任。

不知是不是我的态度让妈妈有所改变，现在八十二岁的妈妈仍然独居，却并不因自己的孤单而依赖子女，而是每天早上一人走上南山，独自出门去打羽毛球，并且还参加了槌球同好会。令人惊讶的是，妈妈还被选拔为槌球业余选手，在济州岛等地参加比赛，住宿、制服、餐点、交通等参赛费用大部分由区公所或市府来支出。二〇一八年参加江原道举行的三天两夜的槌球比赛时，妈妈所在的队拿下第一名，获得了奖杯与奖金；二〇一九年四月出战槌球全国大会，与二十八支队伍较量时，也取得了优胜，区公所公告出来之后，还得到了区长在内的很多人的祝贺。这项运动，妈妈起初旨在参与，渐渐地却由此走出了原本单纯的生活区域。在地区比赛中得到优胜后，妈妈的野心也越来越大，每日在同好会练习，之后又拿下了首尔市的优胜，最后以代表身份出战全国比赛。

妈妈过去在社区里没几个朋友，偶尔还和朋友吵架，甚至闹翻，合得来的好友几乎没有；现在她环绕了全国一圈，与一起比赛的同好会朋友们相处融洽，成为忘年之交，他们常常聚餐，去过很多餐厅，还知道了不少餐饮名店。

我有次问妈妈，在全国大赛上取得胜利的秘诀是什么？妈妈想了一下谦虚地表示，遇到神队友、取得优胜都只是因为好运而已。而我知道，负有强烈责任感的妈妈不想拖累别人，大赛五人组成一队出战，被选拔为代表的她一直在勤奋练习。"都参加全国大赛了,输了多丢脸!"这就是她。

槌球是需要头脑和身体同时运作的运动,这让妈妈更加健康。妈妈开心地表示,她在面对比赛时,心跳加速、十分紧张。试想,在这个年龄还有什么事,可以让自己的心加速跳跃、不断起伏?二〇一九年健康检查时,妈妈比年轻人的骨质密度还高,这是多么值得感恩的事。

我对妈妈开玩笑说:"如果早点儿加入国家代表队拿到金牌,就可以拿国家养老金过下半辈子了。"真心感谢妈妈可以如此健康,又找到了能让自己雀跃的兴趣,让我也产生了希望,开始相信就算有了一定年纪,也可以活得很愉快。

妈妈自己背负起照料自己的责任,没想到结果却是意外地好。现在的她,更专注于与朋友的关系,找到了能消遣的事物以及乐趣,再也不依靠子女来照顾和陪伴自己。

八十五岁的公公,身体健朗,也长期保持运动习惯。以前,公公以为自己也就活到七十岁至八十岁之间,所以六十岁出头便早早退休,打算剩余的人生以旅行为主,开开心心地活到最后。现在的他,没有料到自己能够健康地活这么久,所以特别后悔自己太早退休。公婆的朋友普遍也都很健康，即使已七八十岁，还是可以健康地活动，看上去只要好好锻炼保养，活到百岁的概率都很大。同样的道理，不难想象四五十岁的人，有很大可能可以再工作三十年退休，而未来更是可以期待寿命达到一百二十岁。等待死亡的时代已经过去了，我们现在是活在一个必须规划二次人生甚至三次人生的时代。

所以，活在这个时代的我们，照顾着健康的父母，是真正的孝顺吗？如果认为紧密地关注着父母就是孝顺，和父母之间保有距离就是不孝的话，那真的有必要思考下这所谓的孝行，是否像拿走了父母的鞋子而使他们不能自由地走自己的路了。而且，身为子女，将自己的生活方式套在父母身上，是不是也会给他们带来很多阻碍呢？现在是该以更宽广的视角、更多的智慧来思考真正的孝道的时代了。

自觉的相关建言

※ 要向世上的理所当然存疑，要反问自己，是真的想要做，还是只是在符合父母的要求、顺应社会的常规。

※ 与其顺应世俗对于妻子、媳妇、母亲角色的要求，不如先由自己开始全力以赴去改变。

※ 完全依赖对方的婚姻只是幻想，结婚的那刻就是幻想的结束。

※ 如果不想失去重要的人，那就要先做好失去他们的准备。

※ 牺牲自我的女性，是留不住任何东西的。

※ 即使是家人也要划定界限，明确地建立界限基准，才是维护一个家和平的开始。

变化
Change

不把婚姻变成监狱的建言

必须回顾、检视，
是不是总以相爱之名行依赖之实地
毁了彼此？
保持距离，
就像筑起属于自己的篱笆一样。

无法表达的感情
易产生伤痛

小时候我小病不断,总是卧病在床,整日独自一人躺在床上,实在太无聊就盯着前方壁纸,视线一直延伸到天花板,却不知道被什么压住,动弹不得,没有任何人知道我独自承受着这样的恐惧,我也没有告诉过父母,因为即便父母知道了也无力减轻或代替我承受。

不知像被谁压制的情况,一直持续到我结婚、搬入婆家。对其他人而言,婆家的空气就像漫游的鱼在渔港,是那么自在;而作为媳妇的我,却总是感觉烦闷,呼吸不过来,然而也找不出烦闷的原因。后来读到了一部小说,特别贴合我这种心情,是一八九二年夏洛特·珀金斯·吉尔曼(Charlotte Perkins Gilman)所创作的短篇小说《黄色壁纸》(*The Yellow Wallpaper*)。

女主角生完孩子后,患有抑郁症和精神衰弱,丈夫为了她的健康禁止了她所有的行动,甚至中断了她的写作。她的丈夫是一名医生，她的哥哥也是，他们与精神科权威威尔·米切尔（Weir Mitchell）博士一样，都劝她要采取"休息疗法"。虽然如此，女主角却相信"刺激与变化对心理是更好的，对健康也有帮助"。丈夫质问她："我是医生，你不相信我说的话吗？"丈夫的固执，使她沉默。至此，我觉得女主角的医生丈夫并不知道导致妻子病情恶化的其中一个原因正是他自己。

表面看起来，丈夫担心妻子的病情，很爱妻子。但是，这个男人却只是用爱包装了他的家，将妻子囚禁在看不见的框架里。他用心照料着她，家里大大小小的事，都以自己的意见为准，这样的丈夫表面上看没多大问题，事实上，妻子却全无自主的权利。小说旨在揭露十九世纪末，已婚妇女被禁锢于男权之下，慢慢发疯的悲剧命运和丑陋的社会现象。

这本书的作者吉尔曼与曾为美术老师、当时是画家的丈夫结了婚。丈夫在家庭观念上很传统，想拥有一个传统的妻子，吉尔曼与他发生了很多冲突。婚后第二年，吉尔曼生下女儿后，因为产后抑郁与精神衰弱找上精神医生威尔。威尔给了她一个名为"休息疗法"的处方，即"专注于育儿与家务，不要做些要动脑的活动"。这个处方，给她造成了极大的影响。此后，她受到更严重的精神疾病的折磨，就以自身经历为背景，写下了《黄色壁纸》。

我和吉尔曼一样，在生下第二胎后，患上产后抑郁症。当时一般大众对产后抑郁症的认知，就只是认为产妇跟得了感冒一样。我像被孤立在一个没有边界的深渊里，动弹不得。我的痛苦，得不到任何的正视与理解。在他们看来，这只是生完小孩很容易发生的事，是我个人的问题。

跟吉尔曼不同，我没有接受精神科医生治疗。但面对我的抑郁，我仍然收到了死亡般的宣判，"生孩子就是常常会发生这种事，这是再正常不过的"，"你别想这么多，把精力放在育儿和家务上就好了"，妈妈、公婆、丈夫，甚至所有人都对我说出了这样的话。人人都说只要养育好小孩、做好家务、照料好丈夫就是女人最大的幸福。人们将女人的一生囚禁于育儿和家事，禁锢在一个无法逃脱的框架中，而囚禁其中的女人就像希腊神话中的西西弗斯一般，受着徒劳无功又永无止境的惩罚——最后，我的抑郁症更加严重了。没有人知道，女人婚后成为了媳妇、妻子、母亲，为什么会诱发抑郁。我身边的所有人似乎都在纳闷：活得好好的，只不过是被赋予了角色和责任，那就把这个责任当成人生第一重要就好了，抑郁什么呢？"你只要好好照顾小孩就好！"这样的劝导表面上好像在为女性着想，实际上，这却是杀死女性的最佳利器。男权体制下，女性指的是仅独自存在的"母性"角色，女性受允许的活动项目仅是家里的大小家务。而"休息疗法"的核心在于"禁止女性进行阅读、写作等知识性行为与社会性活动"，与设定女性领域、阻断女性自我实现的男权体制恰恰是一脉相承的。

像被某人压制，却不知道是被什么人压制的感觉持续存在，为了摆脱这种可怕的感觉，生完第二胎后，还未满三个星期，我就开始拼命地阅读，找寻自我解决方法。须知，不管境遇如何，每天都要守护自我，开创属于自己的未来。

婆媳之间的悲哀

"爱情为何让人如此疼痛？这是对的吗？只有我这样吗？"这是歌曲《相思花》的一部分歌词，却犹如我人生的写照。我与公婆同住的八年，就像在吟唱以上的歌词一样："婚姻为何让人如此疼痛？这是对的吗？只有我这样吗？"怎么仅生活在婆家，就让我如此痛苦？

我是婆婆第一个儿媳妇，她对我非常上心。虽然当时婆婆处于多代同堂的最下层，也过着吃力、艰苦的婆家生活，却对我表示，不想让我经历她所经历过的苦痛。过去的三十年间，婆婆只对我发过一次脾气，之后，不管是什么情况，都不再对我生气或唠叨，只会对我说，等我年纪再大点儿就会理解她的心情了。

婆婆总像天使般地为我着想，常担心我的健康，也常告诉我心里舒坦是最重要的。婚后，在婆家奶奶的第一个生日会上，我晕倒了，婆婆从此再也不叫我做辛苦的事，要提泡菜桶等重物时，也都是使唤小姑来帮忙，只有星期天才会请我帮忙做一些小事。从结婚第一年开始，每年我的生日，婆婆都会准备一箱我喜欢吃的糕点给我。我的妈妈都不曾这样用心对我，我在心里对自己说："你真是个有福气的媳妇。"丈夫和小姑也总是说："世上真的没有这种婆婆了。"外人也都认为我遇到了很好的婆婆，常对我说："你真的是做媳妇的苦一点儿都没有经历过。"婆婆比任何人都担心、照顾着我这个做媳妇的，对我十分疼爱。不管我做了什么，婆婆都好似一直重复播放某区段的歌曲一样，无条件地重复："你做得很好、辛苦了、谢谢。"表面上看，我们之间真的找不出任何婆媳矛盾与问题。而我却像是身在福中不知福，内心总涌起不知名的抗拒，每次听到她说这些时，我都感到非常疲累，想捂起自己的耳朵，却不知疲累的原因为何。

有两件事让我对婆婆关上了心门。一是，一直以来勉力支撑我的宗教信仰被剥夺了。当时宗教对我而言，是生活中唯一能让我喘息的地方。二是，我结婚第二十年时发生的一件事。我想真诚地、坦白地与婆婆分享这二十年来，压抑在心里的真心话。我想，婆婆一定对我这能力不好、不随和的媳妇也累积了些遗憾与不满。相同地，我心中也存有身为媳妇而无法随意说出的话。若能相互解开这郁结的心，就像敲掉阻隔在彼此之间的玻璃墙一样，今后我和婆婆一定可以没有距离地相处。在我向婆婆诉说了这样的想法、传达了想两人单独对话的意愿后，婆婆像被吓到一样，突然往后退了一步说："我真的对你没有一丁点儿的不满。"婆婆还特意强调了"一丁点儿"，说："我常常很感谢你，只希望你能一直这么健康、幸福地生活着。"

婆婆看起来并没有放弃当"天使婆婆"的意愿，或者她只是不想打破玻璃墙。对我全无不满的婆婆，没有打算吐露深藏于心的想法。当然，婆婆也没有追问为什么我突然那么怅然。此后，我常常因为无法和婆婆分享内心话而感到可惜，总觉得以婆婆的性格，经过深切的交流后，我们一定可以亲密无间地相处。当然，我并不希望自己能和婆婆成为像母女一样的关系，只是想跳出婆媳关系，以同为女人的身份，在共同生活的长久岁月中，相互理解对方、共享彼此的心情。如果可以实现，我们之间的相处一定会比现在更舒坦，关系也更亲密。

那天之后，我仍然恪守媳妇应尽的义务。只不过，几年后，我写出了《媳妇辞职信》，同时也不再尽媳妇的义务。我时常想，如果当时我与婆婆能道出彼此积压的感情，现在不知道会有什么样的变化。说不定我不仅没有"辞职"，还可以与她一起携手谋划，为家里的不平等以及打破传统做些改变。这样的想法难道只是我的一厢情愿吗？

之前提及的夏洛特·珀金斯·吉尔曼，最终拒绝了医生的"休息疗法"，提出与丈夫离婚。要知道，在十九世纪，女性要求离婚是违反社会常理的。吉尔曼不只是抗拒做妻子，她也拒绝了母亲的身份，跳脱出了任何有关传统女性的角色，走出了属于自己人生的路。直到那时，她才真正摆脱了精神衰弱与抑郁。

都是妈妈把我养成这样子的

二十世纪八十年代后半段，政府导入了PET父母效能训练项目，由父母学习不同于传统的育儿方式，这受到了年轻妈妈们的欢迎。之后，父母教育讲座、相关书籍更是如雨后春笋般涌现。想好好培养孩子的妈妈们都积极参与各个讲座，同时阅读很多相关书籍。我连续两年生下两个孩子，对于如何育儿也相当不知所措，刚好遇到这个契机，能够接受先进、合理的现代父母教育理念，学习如何当个优秀的教育者。但学习与实践实在是两码事，我脑子里会了可是手不会，这让我的内心充满了负罪感。学习本是为了进步，原本想做个优秀妈妈的我，却陷入了"我是无能妈妈"的深深自责。"我是不是带孩子带得很不好？"我经常被这样的想法折磨，妈妈的身份让我痛苦，我因自觉能力不足对我的孩子们感到深深的抱歉。

之后，我以父母教育讲师的身份活动于各讲座，并学习了更多父母职责及教育心理相关的课程。越是学习就越觉得我所有痛苦的根源，都来自我的母亲。我妈妈经常大声呵斥我们，却从不跟我们道歉，她总是在不自觉中伤了孩子的心，并经常诉说自己为孩子做出了怎样的牺牲。我的妈妈育儿方式就是如此，因此我没有体验过，也不知道什么是健康的养育。因为把根源都推到了妈妈身上，我不再对自己的子女感到抱歉，是的，一切都是妈妈的错。

丈夫在育儿方面也是这样，习惯把自己的责任推给别人，看到我的忧虑，他总是说："最近小孩都这样，慢慢长大就好了。"在他这里，什么都不是大事，也无法理解我的辛苦，还会质问我是不是太敏感了。因为跟丈夫的教育理念不同，教养孩子的责任与烦恼全都落在我一人身上，而丈夫也认为，这是我作为妈妈的本分。

事实上，我也是这样看待自己妈妈的。从我出生，我就认为妈妈做家务、照顾孩子、为家庭和老公牺牲是理所当然的。如果妈妈没有做好这些，我就认为她没有当妈妈的资格。在成为妈妈之前，我从没想过妈妈原来也有身为女性、属于自己的人生。

现在回想起来，我好像一直以来都活在埋怨中，埋怨着自己的妈妈。我把我的不幸全都归责于她，"是妈妈这样教我的",总是更容易让我逃避责任,好像有了这个借口,即使我不努力也是合理的。

我还总是将"设立好妈妈标准"的错,怪到电视媒体头上。虽然没有人说过"当妈妈就要这样",但是电视剧《田园日记》中金惠子[1]的形象,成了社会上好妈妈的代表。金惠子在剧中塑造的"国民妈妈"的角色形象和我的妈妈十分不同,当然跟我也不一样,我也不是个心怀慈爱、懂得奉献的妈妈。

如果我的妈妈是奉献型的,我想我也会伪装成慈爱的母亲,去为孩子做奉献,这比较符合我所学习的某些现代教育理念。然而这种好妈妈的伪装,跟神话故事里的普洛克路斯忒斯之床[2]一样,为了适配它,需要我们要么强制拉长身躯,要么截短自己的腿。这显然并不适合我。于是,失去了自我,我没有成为慈爱的母亲,也没有找到合适的教育孩子的方法,而是反复出现失误、犯各种错误。于是,

---

[1] 金惠子,1941年10月25日出生于首尔,毕业于梨花女子大学,韩国女演员。活跃于20世纪八九十年代,被公认为演技一流,曾多次获得韩国国内及国际大奖。主演了韩国电视剧史上最"长寿"的电视剧《田园日记》(总共播出1088集),饰演母亲的角色。
[2] 普洛克路斯忒斯是古希腊神话中的一个强盗。他开设黑店,拦截过路行人。他特意设置了一长一短两张铁床,强迫旅客躺在铁床上,身矮者睡长床,强拉其躯体使之与床一样长;身高者睡短床,用利斧将其伸出来的腿脚截短。因为他这种特殊的残暴方式,人们称之为"铁床匪"。

在过去的日子里，我给孩子带来了诸多伤害。每思及此，我便感到痛苦万分。

身为母亲，在难以摆脱自责感时，我阅读了詹姆斯·希尔曼所著的《灵魂的密码》（The Soul's Code）一书，他在书中写道："关于父母，我们有太多的错误认知。"他主张："不是父母选择了孩子，而是孩子选择了父母。"是孩子的灵魂选择了最适合自己频率的父母而出生，孩子是因为与母亲的灵魂频率相同才选择了这位母亲，而非是被动中被迫地选择。这意味着选择并不只是妈妈的责任，孩子也同样需要对自己的行为负责。他／她选择了适合自己频率的某位母亲，便也选择了与这位母亲经历共同的苦痛。因此，如果母亲能力不足，可是子女依然选择了这样的母亲，孩子要如何生存，这也是他们自己的选择。

某天，电视上介绍了一位八十岁的老奶奶，她在市场开着一家旧餐馆。四十年前，她丈夫死了，她失去了所有，只能与孩子们相依为命。她在茫然中选择了现在的店址，开始准备做生意，决心用自己的力量养活孩子们。为了存活，她放弃做那些大众的食物，而是开发了与众不同的菜单，也因此获得了比较好的反响。这四十年来，她一直经营着这家餐馆，用微薄的收入支撑着她的家庭。虽然没有饿着孩子们，但也无法让他们吃好、用好，更没有能力供他们读到学业结束。即便如此,她还是认为"无愧于我的子女"。她自信地感到,没有把孩子们送去孤儿院,而是靠自己的一双手去辛勤工作养育小孩,已经是一件伟大的事。岁月压弯了奶奶的腰,在她身上,我却看到了不过分也不畏缩的自信。作为母亲,她坦坦荡荡,熠熠发光。

看到这样的女性,我再次回顾妈妈的过往:她四十一岁丧偶,丝毫没有理会周遭担心自己改嫁的声音,也没有离开子女。虽然没有给子女优渥的生活,但同样也没让孩子们四处分离。

我也开始反思自己,一直以来,为了配合自己是优秀母亲的幻想,为了让自己变得更好,为了要和妈妈拥有不同的行为和态度,我努力学习着。虽然最后我还是无法做到很好,但我也为了当个好妈妈而一直努力学习着,我无愧自己母亲的身份。

记得女儿青春期时,她曾对着当时心中一直埋怨妈妈的我说:"都是你把我养成这个样子的。"当时我惊诧到无法指责女儿。如果是现在,那就不同了,我一定会回答:"妈妈是你自己选的,你要为自己的选择负责。"

孩子独立
同时妈妈也开始独立

最近朋友的女儿结婚了。参加婚礼时，我问很久不见的朋友嫁女儿心情如何，她脸色马上暗淡下来，我以为她为女儿才二十五岁便提早结束自由的生活而遗憾，没想到她却是因为不能随时与女儿见面而心情沉重。令人诧异的是，朋友平常和女儿的关系并不是特别亲密，只是女儿这么快就离开父母，让她觉得，比起父母，女儿好像更重视丈夫和婆家，她有一种女儿被抢走的感觉。

我儿子去服兵役时，我的心情是"既高兴又不舍"，恰逢另一位朋友的儿子也去服兵役，我便用类似的话安慰她。可是她的表情十分悲伤，一直对我哭诉着只要想到儿子就感到不安，担心到睡不着觉。我想，毕竟是入伍，朋友应该是担心孩子在军队中会遭遇特殊事件，于是安慰她说："最近军队情况很好，不用太过担心。"后来才知道，朋友是因为儿子不在身边而难过，她的儿子入伍才两个月,对她来说却像两年,一想到离儿子退伍还很遥远,她就眼泪汪汪。

我能理解朋友们的心情。一般而言,生完孩子的女性,比起被叫自己名字,更常被称呼为某某妈妈。这样的称谓很容易让人将本来的自我与某某妈妈的职责视为等同。然而这是不合适的。女性承担母亲职责要像穿衣服一样,按照情况需要随时"穿脱"才行。一旦母亲职责与个人自我无法区分,这职责就会像皮肤一样,紧贴在我们身上。

我是经过了二十三年,才将这"衣服"脱下。但在找回属于自己的人生后,我并没有感到开心、轻松与自由。与妈妈的角色、妻子和媳妇的身份告别后,我突然对自己要如何生活感到茫然。因为并没有预先规划未来,面对我是谁、我要过怎样的人生这类问题,我感到十分混乱。原来并不是摆脱所有自我之外的角色后,不幸就会马上结束,幸福就会马上来临。这件"衣服",我穿太久了。

"妈妈也需要毕业",电影《小森林》(*Little Forest*)传达的也是这个道理。电影里惠媛的母亲文素利,在女儿惠媛高考结束那天,离开了家。此前,女儿因每天通勤辛苦,要求全家一起搬去市区,而妈妈在此之前从未离开过村庄。人生地不熟的妈妈,突然独自离开了家,没有留下任何与去向有关的信息。惠媛对此既吃惊,又愤怒,觉得自己被妈妈抛弃了。但是,随着时间的流逝,她逐渐体悟到,原来妈妈只是回归到属于自己的人生。而她自己也已不再是谁的女儿,成年后要学会自己好好生活。

我想,惠媛妈妈说不定早就决定在女儿高考结束那天离开了。对于她,母亲的职责已尽,现在该过属于自己的生活了。相反地,我因为没有提前准备,在向家庭提出告别、开创新人生的机会到来时,却迷失了自我。如果女人们早点儿知道媳妇、妻子、母亲等身份有结束的一天,是不是就会提早一点儿准备呢?

就像学生毕业后会进入社会,妈妈也会毕业并回到自己的人生。所以,现在还不晚,趁孩子逐渐独立,父母也要准备独立,这是重新把握自我人生的绝佳机会。

切分与子女的关联对任何女性都是一件残忍的事,但如果错失良机,却有可能下半辈子都要带着某某妈妈的外壳生活,并且还会因为担心,经常对子女唠叨,过多地付出,也过多地干涉,这样反而有可能害了他们。这也许就是电影里惠媛妈妈离开的原因。

那该如何做好这个准备呢?如果现在你的孩子十岁,我想离孩子与你的独立大概还有十年,那你就需要设下一个十年的长期规划，包括经济、心理、物质三个方面，你要确认自己，在十年到来的时候，也有能力独立生活。如果这三个方面都还有差距，就要从最弱的方面开始准备。

要知道，你没有必要"因为我是妈妈、我们是夫妻、我们是家人……"而牺牲，因为每个人都能为自己负责，你的家并不需要谁特地去牺牲。注意，这不是要大家无条件地离开家、要大家离婚的意思。而是说，如果每个人都能负起一人份的责任，就算不离开家，你也能成为家的主人。家会成为一个责任共同体，家人们的内心也会因此而变得更加丰饶。

女人不是为了成为母亲而诞生的，也不是为了肩负民族复兴的使命而诞生的，作为妈妈，在孩子成人之前，尽好照顾、养育之责足矣。须知，在家庭中，不管是什么角色、责任都不是终身制的，到了特定时机，就要结束。已长大成人的子女，同样也须负起自己的人生责任。因此，父母的离开是有必要的，就好比一场紧张的接力赛，在接力棒留给下一位选手后，前一位选手就要退场了。

亲爱的，来吧！现在就交棒！好好过真正属于自己的人生！

依赖不是爱

我们如何分辨彼此之间是爱,还是只是紧密的依赖?

过去的我,总是将紧密依赖的关系错当成爱。我和丈夫对公婆及母亲均是紧密依赖关系,在我们看来这是尽孝,这是爱。对在幼年时我们刻意疏远的孩子,在他们长大后,我与丈夫为了表现与他们关系良好,也是紧密依赖。唉,这是多么可笑的错。在提出媳妇辞职信后,我发现了这一问题。关系紧密看起来好像是相爱,但事实不然——紧密伴随着某人的牺牲,用这个人的牺牲换来另一个人的安稳。但当这个人为一群人牺牲时,却未必能换来一群人的满意,过度的依赖会使他人无法施展自己的能力。对此,我的理解是,当你很久没有照顾自己,为自己的人生负责,你就会忘了自己是谁、自己有什么能力,甚至很多寻常的事也会以为自己办不到,从而更无法从依赖中脱离出来,更别提去很好地照顾他人。

正恩离婚后，独自供儿子读到大学毕业，辛辛苦苦地拉扯儿子长大。然而二十五岁的儿子，却似乎觉得自己"离开床铺都是危险的"，毕业后大门不出二门不迈，兵役也不参加，更别说工作的意愿，完全把自己锁在家里。儿子的生活像只蟑螂，大白天他紧紧地拉上窗帘，不让一丝光线透入房间，一旦妈妈拉开一点儿缝隙，他就会马上被惊吓到发脾气。他的各种表现都不正常。他会趁深夜妈妈熟睡之际，起床一次性准备三四顿的食物，带进房里。为了不与妈妈碰面，妈妈在家时，他会连厕所都不去。每天窝在房里，有没有经济来源对他来说一点儿都不重要。只是饿了就去翻厨房，家里没吃的，就去偷妈妈的钱。每当正恩提起工作话题，他还会发怒说："我正在努力呢！"正恩并不指望他立刻找到工作，便劝他在正式工作之前，试试打工兼职，可是他却浑身充满抗拒，毫无出门的意愿，他对正恩说："最近要找兼职也很困难。"正恩对这样的儿子感到十分失望、气愤。经过反复考虑，她终于鼓起勇气要求儿子离开家。妈妈的决定刺激到了儿子，儿子央求妈妈说："我会努力的，找到工作前就让我待在家里吧！"对于儿子的哀求，正恩心中十分不忍，但还是冷静地帮儿子租了一套房子。如果不想饿死，儿子就必须外出工作。独自居住的儿子，一年之内做了好几份兼职，打工的钱缴付房租后，勉力维持着生活，但是这样做下去，即便是做十年，也是看不到希望的。而如果要做全天的兼职，那还不如直接去找正式的工作。

为了就业，儿子开始参加各类证照考试，最后他终于找到了一份全职的工作。平常日夜颠倒、连打工都是选择上夜班的儿子，奇迹般地开始在早上八点去上班。对此，正恩比任何人都高兴，儿子终于开始为自己的人生负责。要知道，此前，不管正恩多么唠叨、怒骂，儿子都无动于衷。果然人有需求时，才会努力追求。而父母一旦拉开距离，切断依赖，子女就会开始谋求发展。

现在，正恩的儿子已经是个体面的上班族，提起那段日子，他说出了心里话。那时的他，只要一想到要出门就感觉好像快死掉了，他对这样的自己也很气愤，虽然能理解妈妈的心情，但是自己却无力改变。他很感谢妈妈做了正确的决定，将自己赶出家门，不然自己可能真的废了，只会在床上度过余生。

正恩经常担忧，父母离婚是否会在孩子心中留下阴影。为了当个慈爱的好妈妈，她凡事尊重儿子意见，以等待代替责备，总站在小孩的角度来理解他，直到后来才知道，孩子不仅需要紧密关系，随着孩子长大，保持适当距离也是必要的。孩子已经长大了，却依旧过多地为孩子着想的养育态度也是有问题的。

当时决定赶儿子出去,她觉得儿子很可怜,好像是自己抛弃了孩子,担心这样会永远失去他。与此同时,她也害怕独自一人生活。后来才明白,原来并不是只有儿子依赖着她,她也依赖着儿子,所以保持适当距离是使彼此都能独立的方法。虽然决定是痛苦的,但却改变了儿子的命运。儿子从此拥有了自己的人生,正恩也再次拥有了属于自己的生活。

那么我们的生活中,因相爱而互相依存的关系,是否正羁绊着彼此呢?向家庭告别后,我感到十分痛苦,因为我开始与丈夫、公婆、儿女保持距离。一方面,对公婆我像是做了不孝的事,另一方面,我伤了丈夫,似乎也赶走了儿女。但这只是刚开始。过了一段时间后,保持距离的好处逐渐显现,家庭里的每个人都开始负起照顾自我人生的责任,我的家人在没有任何人牺牲、奉献的情况下,都已可以主动积极地去解决生活中出现的所有问题。

乖巧善良的女人
没有福气

我有个朋友在婆家生活时,一感到辛苦,就会想起她妈妈的教导:"乖巧善良,福气就会降临到你身上。"

朋友妈妈还说:"虽然现在会感到很辛苦,但只要你好好孝敬公婆、照顾丈夫、教育孩子,一定会得到大家疼爱的。"朋友婆家有三个儿子,丈夫是家里最小的孩子。婆婆在每个儿子结婚后都会要求同住两年再分开,说是要对媳妇进行家风教育。我朋友个性温顺,比起其他媳妇,更让婆婆舒心,所以住在婆家三年,婆婆才在附近找了个住处给两夫妻。不过虽然搬出去住了,婆婆却仍然三天两头叫朋友回来。

朋友在婆家的生活就像服兵役一样劳累,她总是得服从婆婆的任何指示。婆家房子是宽敞的两层独栋,她却能把所有地板都擦得锃亮,因为婆婆要求她跪着、手持抹布擦地。虽然有洗衣机,但棉被和衣服都放在浴缸里用脚踩着洗。除此之外，她还要给公公的店里帮忙。结婚七八年后，她即使一条腿的膝盖软骨破裂，也还是得承担婆家的家务和公公店里的杂事，直到另一条腿的膝盖软骨也破裂，仍然无法脱离婆家大大小小的琐事。

为了给丈夫省钱，她连五千韩元（约二十七元人民币）的衣服都不舍得买，原以为这样的她，会得到丈夫的理解、珍惜，没想到丈夫却拿她跟一起在大企业工作的漂亮女同事比，甚是瞧不起她。结婚第十五年，朋友确诊了宫颈癌。

我去探望她时，她平静地对我说："得了癌症，反而让我知道了该如何生活。"死亡让她突然间变得清醒：再怎么努力，妈妈所说的福气也从来没有找上她，还在她身上累积了大大小小的病痛。在被推进手术室的刹那，过去时光像跑马灯一样，开始出现在她眼前，她哭着下定决心："我再也不要这样活了。"

二十多岁的恩琵，在一家小公司担任会计，她也深陷这种"乖巧善良女人情结"。恩琵有个交往八年的男朋友，但却一直无法结婚，因为她要照顾酒精中毒的爸爸、患有抑郁症的妈妈，同时承担家里的开支，支付弟弟的大学学费。恩琵从小就懂事、乖巧，父母与周围的人总是不断称赞她。小时候妈妈常对她说:"恩琵啊,如果没有你,妈妈早就死了!""妈妈只有你了!""你是孝顺的女儿!"恩琵总会因妈妈的话,而觉得自己被认同、肯定,她为此感到高兴,也更加努力地帮妈妈做家务、照顾弟弟,不论责任多么重大,她是多么吃力。不管什么时候,就算心情忧郁,她也总是开朗地笑着,因为自己的笑容能够成为妈妈的力量。恩琵就是这样开朗、善良,到现在依然如此。

任何人第一次见到时刻保持微笑的恩琵时,都会印象深刻。周围的人无法察觉到她忧伤的一面,但只要单独一人,她的内心就会开始变得忧郁。她的问题在于身为乖巧的女儿却无法享受自己的人生,需要处理的家庭问题越来越多,就像填不满的无底洞,让她无法放下。"如果没有了自己,家就会倒下",这根深蒂固的包袱,压在她的身上,而坚持下去的唯一希望就是"乖巧善良,福气就会降临到你身上"这个信念。

我妈妈也是靠这个信念坚持过来的,她总是以为只要自己足够忍耐就可以,在日常生活中无法拒绝他人的任何要求,甚至在应主张自己权利时也不敢表达。

以前我家,有一半是门面房,妈妈靠门面的租金维持着生活。但是租客不管缴多少房租,抑或是多么晚缴,妈妈都不敢直接当面开口要钱。承租门面的大叔也不自觉，常以生意不好为由迟缴房租，而缴纳的过程也像挤牙膏一样，只有忍无可忍的妈妈开口要钱了，才会补缴一点儿。如果不开口，他就装傻，好像什么事都没有发生。妈妈总是备感压力，为此痛苦，却仍然说不出"如果再晚缴租金，店面就不租给你了"这样的硬话。结果这大叔一直租到妈妈把房子卖掉，妈妈为此痛苦了十多年。

妈妈总是自豪地告诉我们，她从没说过脏话。但是我知道，她不是因为善良不说，而是因为太害怕才开不了口。不知道是不是承袭了妈妈的信念，我也说不出脏话。当然，我心里不是没有，只是因为从来没说过而说不出口。连朋友间亲昵地互称"死丫头"这类，我都觉得是冒犯，和丈夫吵架，即便是气急了也无法出口成"脏"，吵到厉害时，心就跳个不停，连话都说不出来了。这当然不是因为我是好人，我只是像妈妈一样，是个过于害怕而只知回避的胆小鬼。

但是现在的我，不再这样。我知道什么是真正的善良，外表上的乖巧、善良，有时是对自己的残忍，最后很可能"杀死"自己。如今，我不仅可以大声说话，偶尔也会说些玩笑性质的脏话，丈夫也会恭维我说："我的老婆是大佬。"

"福气不一定会降临到乖巧善良的女人身上！"一直善良生活的朋友，命运给她的是癌症。大彻大悟的她，从桎梏自己的信念中解脱出来，找了份工作，不再花富人丈夫的钱，而是自食其力，以自己的力量来满足自己所有的需要与欲望。现在的她，清楚地知道自己是谁、拥有什么样的魅力，在自信中获得了重生。

我想，这是一个很好的事例，可以给所有人带来警醒。你的幸福，可能要从打破"乖巧善良，福气就会降临到你身上"的信念开始。

拒绝只有女人
该承担的责任

几年前,婆婆突然病了,去社区医院、大学附属医院都检查过,检查结果都是无任何异常,找不到明确病因,在医院接受治疗后也不见好转。我猜测婆婆是不是内心有什么压力或者烦心的事。问婆婆,婆婆也东拉西扯,说不出个所以然,直到最后她才突然冒出一句:"我不想做饭。"原来如此,这就是症结所在。你看她,都八十岁了,还无法摆脱"一定要做饭"的人生,我告诉她:"妈妈,不想做饭,那就不要做,可以的。"

婆婆惊恐地回问我:"这怎么可以?"在她的认知里,做饭是女人一辈子必须要做的事,正是这种传统观念导致她身体不舒服。她从来没想过,她可以不做饭。后来,每当婆婆身体不舒服,算是有了不用做饭的正当理由,她就和公公一起出去吃饭。

婆婆结婚六十年,身为大家庭的长媳,长年负责所有人的饮食，我能充分理解她不想做饭的心情。我把自己一年都没做饭的经验分享给婆婆。告诉她，女人可以不做饭，就算不做饭也不用受什么惩罚，只在想做饭的时候做就行。听完我的分享，婆婆十分惊讶，但似乎也因此得到了些许安慰，只是还是无法接受女人不做饭这件事。于是我就拿出私藏，教了她几样"懒人菜"以减轻她的负担，之后她的身体很快复原了。

其实，女人们讨厌做饭并不是因为辛苦，而是因为被要求。什么叫"这是女人该做的"？过年过节、重大活动都是如此，都是女人在劳作，似乎女人天生就该如此，没有任何人认同女人可以讨厌做饭、放弃做饭这个事实。

"女人就只要做……就好"，无论在家庭、学校，还是社会，我们都常听到这句话。好像女人从出生开始就被限定了，做家务就像是女人的义务，永远没有结束。我妈妈的妈妈、我的婆婆、我的妈妈，人人如此，好像女人的一生就注定要辛苦。

身为女性，有太多必须要做的事，导致我们无法为自己而活。以前，我的家是没有主人的，只有像客人的丈夫和孩子们以及一个必须做家务的女人。作为主妇的我一直在做饭、处理生活琐事，但我只是习惯性地、机械地劳作着。我讨厌家务，甚至在开始做家务之前，就已经感到疲累。"女人当然要做家务"，类似的枷锁也同样束缚着其他人，如"男人必须要赚钱养家""子女必须要服从父母""学生必须要认真读书"……虽然每个角色的职责不同，却都被永无止境地要求某些事是必须要做的。可是，如果被困在某个理所当然里，生活就会变得可怕。

我们该如何才能摆脱这种"必须要做"的恶性循环呢？我个人的经验是：宣告离婚的同时，也拒绝所有被赋予的义务。所有必须要做的要求，对我而言都是一种暴力。首先，我一年都不去为婆家做饭，也不去婆家过节、参与他家的重大活动。不！准确地说，是这一年都不去婆家。结果原本讨厌婆家、想要离开的我，现在又开始经常跟婆家来往。原本不想做饭时我就点外卖，现在也会亲自做饭。与之前不同的是，现在我不是因为理所当然地必须去做，而是因为喜欢自发地去做。我有了选择的余地。只有经历了做与不做，将强制的要求、沉重的负担完全放下，才能真正地做出自发的选择，才能看到自己真正喜欢的、想要的、对大家都有利的是什么。

如果一直习惯性做不愿意做的事，就无法知道自己真正想做的是什么，只有摒除这些应该做的以及不想做的，才能慢慢找到真正想做的，才有办法推开被限制的门，走向真正想前进的路。

为了摆脱这些束缚，我独自搬进了一间公寓。大概一年后，我再回到之前的家时，我已变成了客人，换成了丈夫在处理家务。公寓退租后，我搬回家里，面前的丈夫已与过去大不相同，这时我们才真正成了这个家的共同主人。家务不再是必须要做的事，不再是让人讨厌或沉重的事，也不再是只有某个人必须要做的事。我们会一起露营。露营时，做饭变成了有趣的活动。其他家务也是夫妻一起，做家务也开始变得让人愉快。比起一个人生活，原来一起生活可以这么美好。

变化的相关建言

※ 在迎来子女独立时，妈妈也应该做好独立准备，自行决定从妈妈岗位辞职的时间。

※ 依赖与爱是不同的，不要以"是家人"为借口，依赖对方。

※ 别只对别人好却亏待了自己，比起"善良有福"，"好女孩上天堂，坏女孩走四方"这句话更贴近真实。活出自我比善良生活更重要。

※ 一直做自己不想做的事，就不会意识到自己真正想要的是什么。让我们各消除一件被赋予在自己身上应做的事，以及一件不想做的事吧！

※ 检视自己是否正因为不完美而受到惩罚。

突破

Breakthrough

维持健康关系之夫妻吵架技术

恋爱时，就像罗密欧与朱丽叶
恨不得为对方牺牲生命
结婚后，却演变成罗密欧要杀朱丽叶
用心经营的婚姻，瞬间沦为了地狱

想要被礼遇
就应先礼遇自己

丈夫有时候对我也有不满，因为他觉得我并不理解他是多么珍惜我。对此，我表示确实看不出来，我告诉他："真的想让我知道，那你要表现出来呀。"没有实际行动的爱，只是空谈，有时候还是自欺欺人。比如，把心里的话语和想法当成实际发生的事，在心里想得美就以为自己已经付出过了，在白日梦中扬扬自得，就把自己想象成了一个珍惜妻子的好丈夫。

强调这一点，是有理由的。过去丈夫总以为他与我是心意相通的，总是反复说："一定要说出来你才明白吗？"他的意思是，夫妻在一起生活久了，很多事情不需要说得那么明白，只需要稍微表示一下，对方就能马上意会，这才像是正常夫妻。所以丈夫总不听我说话，以自己的猜测来对待我。我们虽然同住一个屋檐下，却好像是住在不同的岛上，现在这位岛民每次问"一定要说出来吗"，我总是大声回答："是的，说出来。不管你心里想什么，都得表达出来，对方才会懂。"

接下来是二十多岁的瑟枝的故事。

瑟枝的恋人总是述说自己有多么爱她，还将心意写成诗，打电话念给她听，或发信息给她。诗的内容相当感人，但一旦瑟枝要约时间见面，他总会以自己事情超多、最近特别忙为借口来推辞。他们交往一年多的时间，却只见过三四次面。每次都约好，下次一起去看演出、一起去旅行、一起去吃好吃的，只是每次都是下次又下次。对方总是对她说，虽然现在太忙无法见面，但心总是和你在一起，真的是嘴上功夫满分，实际行动不见。随着时间流逝，这段恋情不了了之，既然都无法正常见面，也就用不着正式说分手了。

瑟枝有了新的恋人，恋爱初期，彼此都没有说过我爱你之类的情话。有一天，独自在首尔生活的瑟枝得了传染性流感，发着高烧的她无法出门，只好一个人待在家中隔离。放心不下的男友，大老远跑来看她，给她买了粥与食物放在家门口，还亲自买菜，做了营养均衡的便当，瑟枝在男友的行动中感受到了爱与感动。

有一段时间，瑟枝一直在找工作，与男朋友约会时，她收到了落选通知。空虚又茫然的她，在恋人面前更感难过、失落。男友看在眼里，疼在心里，虽然嘴上没有说什么，但他却双眼泛泪，真心难过，比任何人都理解瑟枝。瑟枝从他的表现中感受到他是和自己在一起的，受到了很大的安慰。比起华丽的语言，发自真心的行动更能传达彼此的心意。

经历了前后两段迥然不同的恋爱，与新男友的相处，让瑟枝开始以不同的方式对待其他关系。人的心意要如何传达？有时候，微小的行动胜过千言万语，比起言语，真心微笑与亲切对待更能让人感受到慰藉与尊重。

不仅对他人，对自我也是一样。有人说，每个人最爱的都是自己，试问，如果真的如其所说，你有做什么珍惜自己的事吗？这问题很多人都答不上来。举个简单的例子，当觉得做饭麻烦时，就以垃圾食品填饱肚子；当要减肥时，就不管不顾，完全不考虑营养等方面，反复节食，失败了就暴饮暴食；子女兴趣班、补习班就算是每个月高达50万韩元[1]，也很爽快地支付，在自我提升上却连5万韩元都舍不得拿出；请朋友吃饭时，大手大脚，一次几万韩元毫不在乎，对于自己需要的东西，即使是1万韩元也要反复考虑；参加学校或教会活动欢天喜地，给朋友帮忙全力以赴，对自己却一小时闲暇时光都不敢拥有，

---

[1] 根据2022年12月汇率，1万韩元约等于54元人民币——编者注。

一闲下来，还会产生罪恶感。

实际上，我也是如此。嘴里说着最爱自己，却不知如何付诸行动，很少为自己付出。我是一个很听别人话却极度不倾听自我内心的人，总是忘记聆听自己的需要与感受。

如果连我都不珍惜自己，丈夫、孩子与公婆，还有其他人，怎么会好好珍惜我呢？想要他人尊重你，就要先自我尊重。过去我没有这样做，因此我无法让丈夫好好地对待我，虽然我向孩子们哭诉"为什么大家都不为妈妈着想？"，但事实上最根本的原因却是我从未为自己着想过。要明确地表达出自己喜欢的、需要的是什么，别人才会依照你所表达、所需要的来满足你。"你知道该怎么做的！"这种交付式的说法，没法帮助别人了解你，不把需求明确表达出来，对方只能无所适从。

爱不是靠说的，而是要用行动来表示。渴望被别人爱或关怀，就是对自己不够好、不够爱的证明。内心的空虚希望有人来填补，但如果珍惜自己，何不早一步先自我满足呢？想成为被珍惜的人，自己得先珍惜自己；想被好好地爱，自己得先好好爱自己。对方不会忘记你是如何对待自己的，他会依照你对自己的方式来对你。

不检视情绪

朋友的丈夫非常不善于表达情感，总是表达得很生硬、笨拙，也不认为情感表达是很重要的事；相对地，朋友很敏感，认为没有情感交流的生活就如同住在军营里的军人般苦闷。住在一起的十八年，朋友从未看丈夫流下过一滴泪，连他的母亲离世也没有。对此，丈夫常常说："男人一生只能哭三次。"明明母亲去世很伤心，身为小儿子，他却一心只想着如何办葬礼。

有一天早上，睡醒的丈夫突然起身说："妈妈到梦里找我了……"话说到一半突然号啕大哭。这哭泣像决堤一般，眼泪一瞬间倾泻而出。彼时，他的父母离世已久，这时却回溯到当时的情感，体会到因为癌症死亡的母亲，当时是多么痛苦。

同时，他也想起了很久之前，因为肝癌离世的父亲。他的父亲因酗酒而酒精中毒，也没什么经济能力，父母每天都会争吵。丈夫对他们之间的争吵感到非常厌烦，以致父母相继过世时，丈夫也没有感到任何悲伤。而现在，记忆接二连三地涌出，过去被遗忘的情景，反复在丈夫脑海中浮现，他的心中充满悲伤，连续哭了好几天。

泪水的开关被开启，现在丈夫连看电视剧也会哭得稀里哗啦。原本情感深锁，现在完全解放。神奇的是，丈夫不仅泪腺发达了，连过去生硬、固执、毫不变通的性格也变了，他居然常会开一些淘气的玩笑、说一些不正经的笑话了。这样的变化，让过去丈夫脸上总罩着的黑影消失了，连皮肤都亮了起来，回到了和妻子热恋时的模样，朋友开心地笑着说："我的丈夫改变了。"

如果朋友的丈夫，始终得不到情感宣泄，会对他们的夫妻生活产生什么样的影响呢？可以确定的是，没有沟通的婚姻，真的不易维持。正确的情感表达在家庭关系里是非常重要的。

你是不是也会这样，被人无礼对待后，内心非常愤怒，表面上云淡风轻微笑以待，转身后直接切断关系，不再往来，让原本以为彼此感情很好的对方，惊惶失措。这种现象在夫妻关系里也时有发生。当妻子生气时，丈夫为了哄骗、应付，直接将贵重礼物塞到妻子手里，事实上这样的敷衍让妻子的愤怒仍累积在心里。生气时，情绪必须有所宣泄，这么简单的事，在生活中却有可能无法实现。

为什么人们总是无法顺畅地表达内心？一般而言，这跟父母在养育小孩时，因性别不同而给予的不同的情感引导有关。人们通常比较接受女孩的情感表现，而拒绝男孩的情感发泄，一旦看到男孩哭泣，就会以"男孩子不能太懦弱""千万别长成感性的男生"等来阻止他的情绪表达。相对地，如果是男孩发脾气，人们不仅不会批评，还会称赞说"有男子气概"，而如果是女孩生气，则归类为坏脾气，并会给以类似"你这样会嫁不出去！""女生要温柔！"之类的忠告。这样的大环境，自然会让身在其中的女孩从小就认为生气是不应该的，生气就不像女孩子，还会特地检视自己生气时的模样，担心因此而不漂亮。而身在其中的男孩子，也不得不武装自己，减少感性的流露，以免被人说没有男子汉气概。这样就造成了很多人从小就习惯性地压抑自己的情感。

基于这些原因，当男人、女人内心情绪管理装置响起紧急警报时，他们就会开始压抑情绪、停止当下的情绪反应，转而发生以下情况：男人想哭时，以生气来表现；女人不方便发脾气时，以哭泣来表现。久而久之，这样的情绪表达成为了对付异性的武器：女人把眼泪当成武器，对待无法哭泣的男人；男人以发怒为武器，对付无法生气的女人。

刚结婚时，每当我与丈夫争吵，最后登场的武器就是眼泪，只有这样，丈夫才会有所反应。丈夫也是，只要吵到疲倦了，就开始生气，对我大声斥责，要求停止争吵，而我则惊恐地退下，这场战争也就不了了之。但无法解开的情绪与无法表达出的不满，却都塞进了我的心里，理不出该有的方向。

这显然对夫妻关系没有好处。生气却发不出脾气、想哭泣却无法流泪，都会让人胸闷气结，情感必须表达出来才行。夫妻之间，因为无法表达情绪，而像筑了道高墙似的无法交流，长此以往，情绪会累积，当它们高涨至无法控制时，是会像炸弹一样突然爆炸的。

压抑愤怒是我抑郁的最大原因。情感是人类找寻自我、了解自我的钥匙，也是自我关怀的重点，我是怎么样的人，我的情感状况如何，都可以让我更全面地了解自己。

具体地说，我时常出现这种状况：想发脾气时，因为恐惧，心脏总是狂跳，剧烈的心跳让我无法正常言语，等调整好呼吸，也已错失了良机。有时候，甚至我也不清楚自己生气的原因，或在什么时间点该生气，这令我感到十分混乱。更有时候我感受不到自己在生气，当我无法确认自己内心存着什么样的情绪时，混乱的心就开始忧郁。无法表达的情感与情绪，也表现在身体状况上，消化不良、头痛、双肩沉重、后颈酸痛、疲劳等随之而来。太久的压抑，让我失去了驾驭自己情绪的能力，在我生气时，那单纯发脾气的行为，是需要花时间多次练习才能慢慢掌握的。

《非暴力沟通》（Nonviolent Communication）作者马歇尔·卢森堡表示："感觉的根本是欲求。"也就是说，情感与情绪就是了解自己内心真正欲求的钥匙。得到满足时是一种情感，得不到满足时是另一种情感。当你觉得不爽，不要忽视，那正是欲望没有得到满足的信号，因此，跟着古希腊神话人物阿里阿德涅复杂迷宫般的情绪线索走，就能找到自己想要的东西；反之，压抑情感，就会像被迷宫里的牛头半身人米诺陶洛斯抓来吃掉一样，永远无法知道自己想要的是什么。

情感与情绪本身如同我们心里的仪表盘，会告诉我们自我的状态。如同没有燃料时就亮起的红灯，不满的情绪会提示我们到了某处需要暂停。跟随情绪的信号，进行自我检视，停下来的时刻，也正是我们给自己加满燃料的时间，如是再三，才能更好地活出自我。

没有不变的爱情

"爱怎么能变?"

这是电影《春逝》中尚优对着变心的恩素所说的一句台词。在电影中,他像展示自己的伤口般,在恩素的新车上留下了一道长长的刮痕。这个场面一直在我的脑海中挥之不去。"爱应永远不变",让尚优陷入伤痛的深渊。

这种伤痛每个人一生至少都会经历一次,绝大多数人应该都能深切地感受到尚优失去爱人的痛苦。

三十多岁的莲贞梦到丈夫有外遇,绝望地从梦中醒来。莲贞与丈夫热恋三年后结婚,恋爱时全心爱着自己的丈夫,结婚后丈夫态度突然变冷。这是在恋爱时莲贞完全无法想象的冷漠,她发觉丈夫看自己的眼神完全没有看外面那些女孩时热烈。感到丈夫的爱变了,莲贞十分痛苦,这种感受让她觉得丈夫就像梦境里一样,有外遇了。在梦里,丈夫和其他女人说话的语气,就像恋爱时对自己一样宠溺，对莲贞而言，这简直就是噩梦中的噩梦。

这梦像部电影，也像面镜子，在深夜里映出莲贞的内心，自己是主角，其他女人是配角，而莲贞梦里出现的男性，与其说是丈夫，不如说是她心中的男性性格，[1] 是莲贞真正喜欢的男性的样貌。

我们难以正视自己，却很容易看到他人的一切。如果有人问我们"你是怎么样的人？"，我们可能很难马上回答；但如果问题换成"你丈夫（妻子）是怎么样的人"，我们说不定可以滔滔不绝地讲上两个小时。

在莲贞的梦里，丈夫的外遇对象是自己的朋友，梦里的朋友仍像二十岁时那样漂亮、优雅、有能力又充满魅力。莲贞以朋友的样貌来代表自己内心理想的女性形象，是因为她在内心深处觉得自己不够好，而不够理想的自己是得不到丈夫的爱的。

梦里出现的人，事实上是现实里无法认知到的自己，这在心理学中被称为投射。于是莲贞将自己有魅力的样貌投射在梦中的朋友身上，只是现实生活中的莲贞，无法认知到那其实是自己的魅力，在她眼中，自己又胖又没

---

[1] 每个人都带有女性和男性特征。心理分析学者卡尔·古斯塔夫·荣格（Carl Gustav Jung）指出：女性潜意识中有着男性性格；男性潜意识中也拥有女性性格。

有能力，与梦中的形象相差甚远。然而，随着时间流逝，有一天她改变了想法，她感慨地说："仔细想想，那确实是结婚前和丈夫谈恋爱时我的样子。"

有魅力的莲贞结婚后，失去了自我，因怀孕生子而身材走样，又没有出去工作，只在家照顾孩子，随着年纪增大，感觉自己魅力不再，丈夫也渐渐对她失去了曾有的关爱。丈夫的变化，让她十分不安，面对丈夫时也变得更加敏感。同样，丈夫面对她的敏感也备感压力。

莲贞喜爱过去美丽大方的自己，无法接受生了孩子变丑的自己。谁说不是呢，女人生产后，要处理家务，还要保持漂亮，还要有能力，这是多高的标准呀！这样高的标准，本就会让女性更辛苦、吃力，甚至自己对自己失望，进而挫伤自尊。

莲贞对丈夫大声斥责说："你的爱怎么能说变就变？"事实上，她是在追问自我。比起丈夫的爱，是莲贞对自己的爱先改变了。

爱是不能变的，这个观念，将许多幸福的夫妻拖进了不幸的深渊。

在多丽丝·莱辛的短篇小说《到十九号房间去》(*To Room Nineteen*) 里，苏珊与马修"理智地"谈了一场"真正的恋爱"后，在众人的祝福下结了婚。他们两个都很有远见和判断力，都拥有高收入。他们生了四个孩子，拥有一栋大房子和美丽的院子，像童话中描述的一样，幸福地生活着。夫妻俩似乎规划好了他们所有的生活，一切都井井有条。然而，意料不到的"恶魔"突然出现了，钻进了他们的爱里。苏珊认为，恶魔想进入她的身体，掠走她所有的一切，而丈夫则以外遇来化解自我的境遇，以此重获快乐。最后，觉得"空虚时间快速增加"的苏珊一人待在空荡荡的十九号房里，将所有结束。

那么，苏珊与马修庭院里的恶魔是何种存在呢？会不会是"幸福婚姻里，爱不能变"这个信念呢？爱不会改变，这个念头如同癌细胞般慢慢扩散在婚姻里，渐渐转变成倦怠。

爱为什么不会改变呢？万物皆在变化,爱也在变化。夫妻相处须明白"昨日种种，譬如昨日死；今日种种，譬日今日生"，如同茂盛的树木一般，爱也会经历冬天树叶凋零，春天再次发芽。夫妻相处，如果只是每天重复必须做的事，而没有变化与成长，那必然容易倦怠。而恶魔会在倦怠的地方徘徊，若无改变，它就会趁机钻进来。换言之，我们的爱源于自我。爱自己，才能更好地爱对方。记住，今后无论多忙碌，也要花时间在自己身上。只有愿意给自己提供成长的养分，才能给彼此的爱提供长久的滋养。

夫妻之间必须
遵守的义务

爱就是把最好的一切给对方，倘若你付出了最好的，而对方却并不开心，你一定会失落。但站在对方立场，如果收到的是不喜欢的东西，该如何处理呢？对自己而言最好的，对别人却未必如此。

在诗人朴海朝的诗歌《牛与狮子的爱情故事》中，也有类似案例。

牛与狮子相爱，结婚后，约定好要尽自己最大的努力对对方好。牛拿世上最好吃的食物"草"来招待狮子，对此狮子虽不喜欢，却忍着吃完了；狮子拿世上最嫩的肉给牛享用，牛虽然感到痛苦，却也忍着吃完了。忍到最后，它们大吵了一架，分手了，离别前还相互告白："我对你已尽最大努力。"

这故事告诉我们，如果不考虑对方的感受，想当然地认为只要是自己喜欢的，对方也一定喜欢，这种单方面的"理解"，很可能把最好的变成最坏的。若平常我们就能经常表达自我需求，是否能避免类似的问题发生？越是亲密关系，表达就越是重要。不！岂止是重要，表达应被当作彼此的义务才行，这义务我称之为告知的义务。不沟通，就会造成问题的积压，夫妻之间若能提前分享信息、看法，那么许多琐碎的问题就不是问题。

我的丈夫也是不喜欢表达的人，百般追问，才会勉强回答没关系、没事，并希望我不要再追问，后续的我自己看着办就好；而我呢，对于日常生活所需，很乐意表达，可是情感方面却和丈夫一样，希望对方主动来了解自己，在愤怒、生气时，更是如此。然而我生闷气、不说话这一招却并没什么用，在我看来，低迷的黑暗气息已经笼罩好几天了，丈夫却仍然一副什么都不知道的样子。

"为什么会不知道？"都表现得那么明显了，他居然还看不出来！丈夫的不理解，让我更加恼怒。事实上，你不表达出来，他又如何知道呢？你不说，他只能傻傻地反复揣测你的想法，每个人都是以自己的生活经验在判断对方。"为什么我们这样活着？什么才叫夫妻？如果未来也要继续这种生活，这种夫妻的称谓究竟有何意义？"无法联结的心，累积着郁闷、厌恶、愤怒，一方认为重要的事另一方却觉得压根不是什么大事，这样下去，夫妻之间只会产生越来越多的争吵、失望。

有对四十多岁的再婚夫妻，丈夫下班回到家，只要发现妻子没有准备好饭菜，心中便会隐约地感到不满。这种情况在此后的生活中越来越多，丈夫觉得如果只是因为饭菜晚了就生气，会让人感觉自己心胸狭窄，于是忍了好多次。直到有一天，为了一件微不足道的小事，丈夫突然对妻子暴怒。原来是妻子做好了菜和汤，却忘了把洗好的米放入锅中煮。这成了他爆发的导火索。面对之前全无迹象，现在突然生气的丈夫，妻子非常不知所措。

为什么我们彼此之间无法好好地沟通呢？"不用说，你会懂"，这种自以为是，难道不是一种误会？"如果彼此相爱，身为丈夫/妻子……就一定会知道。"注意，这是很危险的想法。就连自己都有不了解自己的时候，谁又能随时猜出你的心思呢？然而对方的不了解，又会让人产生"为什么要这样对我"的愤怒，让失望升级。

我与丈夫共同生活了三十年，彼此还有许多互不了解的地方，但这不是必然的，也有人相处才一年，就很了解对方，差别在于双方是否经常进行深层对话。基本上，介绍"我是一个什么样的人"是每个人的责任,彼此了解越多，对彼此越有利，如此一来就不必再浪费精力去猜测。

害怕失败,是人们相互之间拒绝沟通的一个原因。害怕提出意见遭对方拒绝、害怕被看穿、害怕被批评、害怕被人觉得奇怪、害怕被人觉得想法不重要、害怕被轻视等。这些"怕"让人们在开口前,默默闭上了嘴巴。"一朝被蛇咬,十年怕井绳",曾经的失败,让人们日后说话前犹豫再三。

习俗与禁忌,是人们日常生活中选择闭嘴的另一个原因。韩国文化给说话这件事贴上了不好的标签。"这男生(女生)话还真是多!""话多的人,能力不一定强。"这些话,使多话的小孩多数不受重视,一般人也只喜欢安静温顺、遵从指示的孩子。沉默寡言的男子,会被视为高贵的君子,而一直讲话的人,似乎身份也低了几等。家里吃饭,餐桌上一旦有人说话,就会有人用"吃饭时说话,福气是会飞走的"来制止。这种文化传统,会让人渐渐认为"闭嘴才是上策"。

由于以上各种原因,我们很难表达想法和情感,夫妻之间如同两条平行线、两座无联结的岛屿。缺乏沟通使两颗原本应紧紧靠在一起的心无法相连。心已如此疏远,我们在生活中却还有"话少的人更容易倾听他人"这样的误解。醒醒吧,那真是大错特错了。事实是,不擅长说话的人其实更不善于倾听。不说话的丈夫像座高墙,不善于表达情感的妻子也无从翻越，于是，心与心的距离越来越遥远。

我与丈夫的关系跌入谷底后，也曾试图修复。首先，要努力寻找机会互诉真心话。这看起来容易，其实并不简单。表达，必须从小事开始练习，有时因事情的琐碎对方竟然当面拒绝沟通，但家庭生活就是由琐事组成的，如果因为是琐事就拒绝沟通，那积小成大之后呢？所以，即使是微不足道的小事，也要积极表达，只要处理好了，这些都可能成为夫妻之间的趣事。

当你开始表达那些琐碎的事情时，你可能会惊讶地发现，原来单方面的猜测、判断根本就与事实不符。

不满对方的那些点，其实都是我们对自己不满的投射。而如果我们不表达，即使是共同生活的人，也完全不会知道我们的真实想法。反之亦然。我逐渐开始明白，自己一直在以自己的生活经验来判断对方的行为，我与他就像各自活在平行世界里一样，也渐渐认清了一个事实：我们不是做错了事，我们只是有所不同罢了。

我们需要明白，沟通与倾听是任何时间都能够搭建的夫妻间的桥梁，不是一年一次的鹊桥相会，即便只是把自己的想法告知对方，也可以让婚姻中的彼此从此不再生活在孤岛之上。

给男人：
聪明的翻译方法

《媳妇的辞职信》一书也受到了男性读者的欢迎,第一个介绍它的网络杂志一半以上留言网友都是男性。由此可见,书中的问题并非只存在于女性身上。以"媳妇的辞职信"为主题开设的讲座,参加者有年轻夫妻,还有不少中年男性。在这里我想介绍在讲座中一位中年男子分享的故事——二〇一八年的除夕,他在家分享了《媳妇的辞职信》一书,引发了一场小小的"革命":

我与妈妈、妻子、两个女儿共同生活。一直以来,家务总是由这四位女性负责。看这本书的时候,马上就要过春节了,当时看完后,我脑海中第一个浮现的是我的妻子,万一她像书中一样,突然对我说"我没办法了,离婚吧!"或是"不想再当媳妇了!",就提出辞呈的话……天啊!光是想象,我就胆战心惊、一阵晕眩。我家一直有过年祭祖的习俗,从祖父母、父母代代相传到现在,我一直觉得这些是再自然不过的事，所以一次也没特别留心过。今年第一次关心起过年祭祖的细节，取消了不必要的祭祀贡品。多年来，我们家只要祭祀就一定会特地去传统市场，买回红色糖果上桌祭拜，即使已从故乡釜山搬到首尔来居住，也一直如此，光是海鲜就要准备七种。此次，我把煎饼种类减少成三种，海鲜也改为只准备社区市场里有的种类，母亲在我强烈的坚持下顺从了我的提案。在我家这可是一场大革命。简化贡品种类后，家人都悠闲了许多。如今一个下午就可以准备完所有的贡品，再也不需要像往年一样准备到深夜。也因此，婚后我第一次和妻子在除夕夜去看了场电影。妻子开心地说自己好像在做梦。这是我们结婚十九年来的第一个改变，未来不仅是春节，其他一些日常不必要的事，我也会进行改革。

真心感谢《媳妇的辞职信》男性读者给予的积极反馈。的确，丈夫是父母与妻子都在乎的存在，对于处理传统的繁文缛节，丈夫如果真的能作为桥梁去沟通，相信无需引起太大争论，就能和平解决。

我以顾问身份参加了MBC（韩国文化放送株式会社）电视台的《奇异世界的媳妇》节目录制。节目内容由三位女性对来宾（媳妇）的日常生活真人秀发表意见。对节目中的两位舞蹈设计者，我印象最深。他们是一对夫妻，丈夫主张不在父母与妻子之间选边站，而是选择当翻译官。

这位丈夫的父母十分想要抱孙子；妻子则担心如果有了孩子，就无法再做自己喜欢的工作。充分尊重妻子想法的丈夫，同时也理解父母的心情，他告诉父母："她有一份满意的工作，如果辞职的话，好像很可惜。"同时，还明确传递了养育孩子的首要责任人是孩子的父母的想法。这位丈夫的沟通尊重双方的情感，对父母的敬重与对妻子的爱，让他充分理解父母与妻子各自的立场，处理问题时为对方着想，讲话做事不伤任何人的心，也因此，在父母与妻子之间，起到了很好的桥梁作用。

前面所提及的过年祭祖的事情，若是由妻子提出减少祭品种类，事情将会如何展开呢？会不发生任何冲突、就这样和平地过年吗？生小孩这种敏感话题，如果丈夫不参与，由媳妇与公婆直接对话，又会发生什么呢？在生疏的关系里，直率、真实的对话真的可以不产生任何误解吗？

"我一定无条件与妻子站在同一阵线！""父母能活多久？应该遵从父母的意见！"，你是不是经常从男人口中听到类似的话？或者是男人遇到婆媳问题，会当着母亲和妻子的面说"这是你们两人的事，跟我无关"，生怕为自己招来不必要的麻烦。但他有所不知，这种处理态度，一个不小心就可能失去珍爱的某一方，甚至两者均失。结婚不是单纯相爱就好，而是一个成年人成熟地负起对婚姻的责任。

婚后，夫妻双方都须透过另一半来建立新的关系，配偶可以选择，但婆家、娘家却不能选择，两家意见往往不同，决策时，不只要考虑夫妻两人的平衡，还要平衡夫妻与娘家的关系、利益，毕竟有可能因背景不同而产生分歧。在两个各方面均不相同的家庭中，男方的父母与媳妇相遇，相互无法理解的部分必然会突显出来。此时，身为联结父母与妻子的桥梁，沟通好双方是很重要的。一方是成长过程中共同生活的父母，一方是相恋相守的妻子，他们的和平相处，是家庭的头等大事。当然，并不是要求丈夫一直做沟通，也不是每次见面都要去平衡双方，只要协调好由于彼此背景不同而导致的误会或不方便直接沟通的问题就好。有这样良好的基础，以后就算没有丈夫这个桥梁，双方也能顺畅沟通。而经过协调的成果，并非是媳妇一人享用，而是全家人，所有互敬、互爱的家人都能共享的，这是用心经营出的平和局面。

对于对方提出的意见
需马上给予反馈和回应

二〇一九年冬天,丈夫第一次和我一起准备女儿的生日早餐,过去一直是我一个人操办。丈夫负责整理、清洗蔬菜,处理海带、煎豆腐、煮饭,而我则准备女儿喜欢吃的炒年糕与沙拉,虽然是简单的生日早餐,我却觉得特别好吃。夫妻一起做料理真的让人开心,很久没有回来吃饭的女儿,那天的生日餐也吃得特别愉快。

我希望拥有的夫妻关系是这样的:每个人都对自己负责,双方地位平等,都是自由又独立的个体。曾经我家最难平等的地方是厨房,一直是我做饭,丈夫是经过好几年才接受洗碗的。如果想要夫妻一起做饭,不知更要花费多长时间来与丈夫沟通。但从那次女儿生日后,丈夫就开始每天跟我一起准备晚餐了。

事情的由来是这样的:有天晚上,我为腰痛好几天而卧床在家的丈夫做了他最爱的牛排,因为丈夫身体不舒服,做饭、洗碗我都一手承揽了下来。吃完饭休息时，下班回来的儿子拿了一本来年的日历给我，第一页写着"Are you happy？（你快乐吗?）"。我随即下意识地问丈夫："Are you happy？"丈夫马上回答："NO！"什么？不是Yes？我询问原因，丈夫说洗头时扭到腰到现在都没好，所以不快乐。但是，那只不过是过段时间即可恢复的腰伤罢了！换作是我，如果丈夫为腰痛的我准备了我喜欢吃的食物，我会如何呢？当他独自准备食材、做饭、端菜上桌，甚至连碗都洗好了，我一定会把这些视为珍宝，满心感谢，开心到腰都不痛了。

但对于丈夫而言，只要身体没有病痛，在没有烦恼的完美世界里待着，就是幸福！天啊！生活怎么可能一直什么都不发生呢？那样的幸福，说不定永远不会到来。生活怎么可能一直保持平顺，保持晴朗呢？对于我来说，就算天空有点儿阴暗，只要能在里面找到微小的幸福，即使只是一小点儿，也会感到开心。幸福就是在日常小事中发现与感受到的啊！

在丈夫心里，女人要做的事、男人要做的事，是早已划分好的，所以即使妻子做了特别的餐点，他也不会感到幸福与感谢，因为在他眼里这就是女人应该做的，这与妻子准备的无数顿家常饭菜是相同的。要想改变他这种理所当然的认知，除非让他亲身实践家务，除此别无他法。

了三十年饭了,现在哪怕只有一年,也想让丈夫做做看。丈夫会做饭后,我们不就能轮流做了吗?这才是更有效率的,就像需要长距离驾驶时,我们不也是轮流开车吗?每次吃到丈夫给我做的菜,我都像收到礼物般开心,想想都觉得愉快。

当我提出由丈夫准备晚餐这个方案时,他也提出了折中方案:做饭我们两人一起,碗由他来洗。简单来说,丈夫的折中方案就是 One up, Both up [1](一个人起来,两人都起身)。在和我一起准备了女儿的生日早餐后,他开始觉得能一起做饭是件不错的事。

我没有理由拒绝丈夫的折中方案,便同意先一起做做看,如果还有更好的想法,随时都可以做出改变。好不容易,我和丈夫一起走入厨房,两人一起做晚餐。和他一起准备餐点后,我就再也不觉得做饭是一件工作了,不管是做什么食物,都觉得好吃,这不也是一种生活的乐趣吗?这也是我最近才渐渐感受到的——丈夫在身边是幸福的。

---

[1] 取自金银姬作品《一个人起来,两人都起身》,韩国两性平等教育振兴院2015年出版。

我膝盖做手术时，丈夫准备的饭菜都很简单，趁这机会，我教了他泡菜锅、煎豆腐、蒸蛋等几样简单的料理。疗养期间，他经常下厨，但等我痊愈后，做饭这件事又回到了我身上。我们的分工还算明确，打扫卫生、洗衣服是我们两人一起，厕所清洁、处理资源回收、洗米、餐后洗碗等工作由丈夫承包，面对这个分工我在心里妥协道：好吧，该满足了。但准备食材并做好烹饪可并不轻松。我一直希望丈夫能参与，我的意思并不是要全部都交给丈夫做，而是希望他能在需要的时候自己做菜。我不希望他成为那种做饭的人不在，便只能吃外卖的人。

我向丈夫提议，由他准备每天的晚餐，起初他强烈反对，他说："这太荒谬了！餐桌当然是女人的领域，烹饪本来就是女人应该做的事。""为什么煮饭是女人的工作？"我反问丈夫。他强调说，这是因为效率。再怎么简单的料理男人都要做很久，他就是不会做饭，不是由于男女差别对待，而是男女本质上就是擅长不同的领域，男人就驾驶神经较为发达，女人烹饪神经发达，所以女性做饭会更有效率。

我知道丈夫会这样说，但我也不是生来就会做饭的，我是培训班学习过的，就跟去驾校学习开车是相同的道理，虽然我无法像丈夫一样熟练驾驶汽车，但不管是去哪里，我都能独立开车到达，对于烹饪，男人也应如此。我做

互相交换情感票券[1]

在所有关系中，都有一种"情感票券"在自动发行着，心理学家艾瑞克·伯恩（Eric Berne）将情感票券分为金色票券和灰色票券两种。在一种关系中，彼此友好（加分）的情感产生，金色票券就增多；消极的（扣分）情绪产生，灰色票券就增多。好的情感累积，就回报给人好心情；消极的情感累积，则让人产生消极的心情。这就像发行票券一样，过了某个特定时间，灰色票券就开始清算，清算的数量视个人情况不同而有所不同，有只累积三四张票券就爆发的人，也有累积到四五十张，还拼命忍耐的人。在清算过程中，有人尖叫、骂脏话、丢东西、对他人进行身体暴力伤害、精神伤害，甚至自残、杀人等，这所有的一切都是从累积票券开始的。

---

[1] 本节仅代表作者个人观点。编者并不完全认同。然而每人婚姻各不相同，未必都能完美修行。本节保留作者原有态度，供读者体验，作者此种心境也是一种婚姻真实。——编注

有一对夫妻，孩子上学后，妻子就得马上出门工作。比丈夫早出门的妻子，总是煮上饭才出门，出门前会交代丈夫："饭如果煮好了，先用饭匙把饭翻一翻。"尽管次次叮嘱，下班后回到家，还是经常看到变成糕状的饭。妻子询问丈夫为什么不翻一翻饭，丈夫总是回答"忘记了"。妻子无法理解为什么丈夫每次都忘记。有一天，疲累的妻子回到家，打开锅一看，又是成团的饭，便大大发了次脾气。妻子气愤于不管怎么说，丈夫每次都不听，还顶嘴道："这又不是什么大事，何必生气？"两人为此大吵一架。

固然，对丈夫而言，这不是什么大事，但对妻子而言，丈夫无心家务又每次都把她的话当耳边风，在妻子这里就已经累积了很多灰色票券，票券累积到一定数量，让妻子忍不住对丈夫扣动了愤怒的开关，不明就里的丈夫还以为妻子是因工作的压力而迁怒于自己。

还有一对夫妻，丈夫偷偷与卖淫女子发生关系，此后，他染上了性病，传染给了妻子，导致此事曝光。虽然后来性病治愈了，但妻子对丈夫的愤怒却变成了炸弹，丈夫的恶行，开启了地狱之门。这种错误等级，就算妻子对丈夫行使暴力都不会有人反对。这期间从没有被丈夫关爱过的妻子，爆发了心中累积的所有不满，她开始重重地批评、辱骂丈夫，没有说话机会的丈夫，则像罪人般低头不语。丈夫的态度无法让妻子消气，妻子不分昼夜地致电给两位小姑，数落丈夫的不是。即便如此，妻子的怒火仍未熄灭，虽然女儿与父亲亲子关系融洽，妻子也揭开了丈夫的丑事，受到冲击的女儿，拉黑了爸爸的电话。

丈夫因为妻子打电话给亲朋好友怒骂他的不是，而无法抬起头来。如今连女儿都知道了，他忍无可忍，当妻子又提起这件事时，他提出了离婚，尽管非常愤怒，却压根没想要离婚的妻子此时平息了沸腾的怒火。冷静地看，也许，原本丈夫因为自己做错事，是有补偿之心的，但妻子的态度对事态毫无益处，丈夫便觉得不能再任由此事发展了。

丈夫的外遇让妻子愤怒、悲伤，加上平时日积月累的丈夫对妻子的忽视，这一切对妻子来说都是不可承受之重，但不得不说的是，为了避免造成更大的自我损伤，妻子此时其实更需要的是冷静地思考面对此事的处理方式。中了毒箭很痛苦，但飞箭又再次刺向自己和他人，这造成了更大的悲伤。妻子的暴怒让两人关系更加悲惨，问题却还是无法解决，即使最后因各种原因矛盾被掩盖了，夫妻也都留下了伤痕。

外遇当然是丈夫的错，但若仅以加害者与被害者的角度来判断，忽略了事态对自己的影响，单纯地认为只有加害者须承担所有责任与后果，这样只会更难圆满地解决问题，可能对自己造成更大的伤害。这样说并不是要大家自责或表示"都是我的错"，或者是认同丈夫回避问题。依照我的经验来看，除了直面丈夫的错，还有其他更需要解决的问题，就是全面检视夫妻关系。要知道，在夫妻关系中显露的问题与未显露的问题是连接在一起的，累积的情感票券，到了一定量是一定会爆发出来的。

事实上这位妻子，长久渴望丈夫的关爱，想要一个能温柔地包容、关爱自己的丈夫，像少女般地做着爱情的梦。而她的丈夫在生活中是一个木讷的人，很少表现关爱和表达感情，唯独对独生女儿不同，丈夫将妻子想要的照顾与亲密都给了女儿，父女俩感情好到让人羡慕，妻子却陷入了无可诉说的失望。这种孤独，让她对这样的丈夫感到深深的失望，也因此为二人情感累积了大量的灰色票券。

对此毫不知情的丈夫，无事人一样想与妻子做人伦之事，妻子却总是以身体不适回避丈夫。妻子的拒绝，让丈夫觉得妻子拒绝了他的爱，受伤的自尊心备感孤单，也因此心生埋怨，而欲望的问题比起向妻子寻求解决，花钱获得要简便得多。这背后的心态才是最大的问题。他们夫妻两人对于爱的态度是不同的，而他们相互之间又缺乏必要的沟通。

很多问题，当事人夫妻必须面对面解决才行。这当然很不简单，要像排除地雷一样，小心又小心，有时还需要专家的帮助。即便专家出马，夫妻双方的沟通仍然是必要的。也只有暂时放下心中的愤怒与批判，才有可能克服夫妻沟通中的困难。

夫妻问题若仅以"谁对、谁不对，谁做得好、谁没有做好"的观点来看，是很危险的，指责对方对与不对，指责环境和命运，这就像掉落进痛苦的轮回，没有出路，但如果认为一方做得很好、没有任何问题，是另一方导致了所有不幸的发生，那也很难解决真正深藏的问题。

从这里开始，我来聊聊我心中最深痛的故事。

不只钱需要存款
关系也需要存款[1]

在关系里发行的情感票券，亦可比喻成情感存折，我们当然可以在生活中向存折中存入金色票券、清算灰色票券，但万一夫妻情感存折里没有存款，却又不停地在提款，那该如何呢？

我的婚姻生活里，曾提出的最大一笔灰色票券是丈夫的外遇。那件事导致我对丈夫的信赖完全破裂。他的爱给了别人，我们的爱结束了。这对我造成了巨大的冲击，如果这冲击能像海市蜃楼一样，随时可以消失，我想我会愿意付出一切来交换。事发后，丈夫坚定地承诺绝不会有下次，我也单纯地以为不会再有第二次。虽然受到了很大的伤害，但并没有因此完全否定彼此之间的过往，也

---

[1] 本节仅代表作者个人观点。编者并不完全认同。然而每人婚姻各不相同，未必都能完美修行。本节保留作者原有态度，供读者体验，作者此种心境也是一种婚姻真实。——编注

未注销我们的婚姻存折，我选择了独自承受痛苦。但一两年后，比这次更大的"负分提款"出现了，第二次的提款扣减持续了很久，丈夫和对方的关系无法完全结束，藕断丝连了两三年，希望这场风雨早点儿消散的我，什么都做不了，只是使劲地撑住，等待丈夫回头。

生命无法练习，每个人都有可能失误，但是同样的失误反复发生，那就不叫失误，叫错误。外遇是致命的错误，不是"对不起，我错了，下次不再犯了"一句话就能解决的事。事有苗头就要积极地寻找彻底掐灭的方法。要知道，背叛过一次的人，就有可能背叛第二次；曾说谎的人，就有可能再说谎；同样，外遇过的人，也容易外遇第二次。已经发生过的事，当事件的特定条件允许时，随时都有可能再次发生。因此像"绝对不会再这样了"的坚定决心，是靠不住的，因为有些行动是潜意识在起作用。

但即便如此，也不能一直带着疑心过日子，要努力调整至平常的心态，才能去谋求解决办法。佛家的说法是，所有的苦痛与问题都是有原因的，所有事情的发生都不是偶然的，都有因果法则的存在，一直执着于事件的发生，还不如找出导致这件事反复发生的特定条件，根除这些特定条件，才能开创新的人生。

丈夫的外遇，对我来说不是小事，需要经过时间的沉淀，才能再探讨问题的原因。对我而言，这是巨大的伤痛，很难当下就直接面对。丈夫也是同样心情，稍为碰触，就十分敏感。最严重的时候，我正在写《媳妇的辞职信》，这是记录我的婚姻生活的书，旨在警惕自己不可再重蹈覆辙、过着毫无想法的日子。起初，我就像个受害者一样陈述着每个发生在自己身上的事件，用写作来消除心中的郁闷与愤怒，同时揭露自己在丈夫那儿和婆家所受的苦痛与伤害，一鼓作气完成初稿后，用了一年时间校稿，数十遍地检视自己经历的所有事件，通过对文章的反复修改，这些事件再次进入我的内心，成为了一个疗愈自己的过程。

在这过程中，愤怒、后悔与伤害，经过时间流逝，渐渐变淡了，我不再郁闷、气结，取而代之的是叹息、无奈，伤口也慢慢愈合，好似坐上了情感云霄飞车，对于频繁经过的曲折转弯处，已能平静对待。这一体验让我脱开加害者与被害者的框架，找出平衡看待两方的视角，得以客观检视整个事件。这是专注洞察自我内心的契机，那个时候，我才知道一切的痛苦都源于自身，不能再将不幸的原因全怪在丈夫和婆家身上，因为真正解开不幸的钥匙在我手中。

事实上，我并不是一个对自己负责的人。人生全然是自己在过的，但我却将自己的全部交付给了丈夫，丈夫也开始想逃离这所有的负担。结婚初期，但凡夫妻之间出现摩擦我都会以"对与错"来判定，一直都抱着"尽全力的我是对的，自私的你是错的"这种态度，并以此来对丈夫进行评判。有时候我会想，或许他只是想逃避我的攻击，在外面寻找安慰罢了。

穿过了又长又黑的隧道，我突然发现，我们夫妻双方都不是成熟的大人，丈夫和我就像是一对双胞胎，如果说自私的丈夫伤害了我，而一心只想着丈夫的我，也在加深这种伤害。

丈夫也不是一个善待自己的人，外遇发生后，他所感到的罪恶感与我的痛苦是一样的，而错误已经发生，无法挽回，若我再反复咀嚼错误与苦痛，我与他之间只会留下带着"仇恨"烈焰的战争。

我并不想包庇外遇的丈夫，只是他本身的好坏和他做错事需要负责是不同层面的问题。我需要区分丈夫个人的存在与丈夫做错事之间的不同，只需要求他对做错的部分负责，而不是连带将他整个个体都定义成"坏男人"。严格来说，虽然丈夫外遇了，但丈夫的其他优点还存在，虽然我很难接受，但如果我想恢复夫妻关系就得从这点做起。做错一件事就将整个人的存在视为错误，这样的夫妻是没有希望的，因为夫妻之间需要爱与理解，若连这些都没有，那就只能选择离婚了。

恋爱时，就像罗密欧与朱丽叶一样能为对方牺牲，但结婚后，却转化成要杀死对方的关系。用心经营的婚姻，瞬间就能变成地狱，我们的心就像水晶杯，细小的情感裂缝就会让它破裂。当内心的愤怒累积成了炮弹，双方甚至抱以共死的决心，然而，让一个家破裂很容易，要恢复一个家却十分困难。

在这种关键时刻，夫妻关系存折就起到了很重要的作用。如果双方平时就有存款习惯，那么就算这一路上因失误与错误而产生提款危机，也不容易导致真正的危机爆发、关系破裂。日常生活中那些随时能增加存款的行为，就像是为彼此的信任加了利息，也可抵消因各种不慎而提取出的部分。

我与丈夫的夫妻关系存折因反复支出导致破产，这让我一度以为与丈夫已难恢复信赖关系，但丈夫过去八年间又持续向它存款，促使我们破裂的信任一点一点地恢复，我们的负数存款也逐渐向正数存款转变，虽并不是强有力的累积，但也在逐渐改变。我不知道我们的未来会变得如何，但这个关系账户，我想，我会持续打理。

由此可见，要想累积信任，拥有内心的安宁与富足，夫妻关系中最好经常存款，减少提款。

彼此能接受的程度[1]

电影《冷山》(Gold Mountain)讲述了这样一个故事：在美国南北战争时期，南部士兵英曼出征前承诺恋人艾达一定平安归来。为了活着回来，英曼走上了逃兵之路。虽然后来英曼遵守诺言平安归来了，但在战场上的杀戮经历，让容颜不再、疲惫不堪的英曼，觉得自己心力交瘁，英曼不知道艾达能否接受这样的自己。

我们也是在这如同战争的婚姻生活中，失去了很多。我也会常感到疲困无力，就像失去了爱、纯真、希望、信赖、同理心、热情等所有美好的生命力，英曼的问题同时投射到我与丈夫身上。

"事到如今，我们还能接受彼此吗？"我们还没有活到生

---

[1] 本节仅代表作者个人观点。编者并不完全认同。然而每人婚姻各不相同，未必都能完美修行。本节保留作者原有态度，供读者体验，作者此种心境也是一种婚姻真实。——编注

命的最后一天，这个问题的答案我不知道。看过记录我们过往生活的《媳妇的辞职信》一书的朋友，问我："怎么还能够与这种丈夫一起继续生活？"并且还给了我一个忠告，他认为虽然现在丈夫态度改变了，也在持续努力付出，但人是不可能有根本变化的。也许他说得对。我也常常想放弃，结束所有，但在我看来，所有的痛苦都是因为我与丈夫的不成熟而导致的，理智告诉我应该再给彼此机会，若连改善的机会都没有的话，我想最后后悔的人应该是我。离婚其实是最简单、最快速的。而我现在却清楚地知道，如今我所体验的充满惊奇的每一天，都是因为当时没有离婚带来的。

接受对方的真正意义，其实是接受自我。与丈夫分歧中让我最辛苦的地方，就是我看到了平常很难发觉的自我的内心问题，他就是我的镜子，让我在正视自己的问题时，能够在内心找到答案。解决自己内心的问题我才能真正有所变化、成长，同时也才能谋求、促成夫妻之间的变化与成长。

精神分析家罗伯·强生（Robert Johson）指出：爱是和一个人建立关系的媒介。因为我们不知道如何与人结交，以至于在建立关系的过程中，失去了很多珍贵的东西。相互接纳、一起生活，是最能建立亲密关系的过程，让夫妻有充分的时间挽回对方或弥补彼此的失误。

我与丈夫不了解"你""我"是最基本的关系,以至于我们分别误入歧途,直到现在才逐渐明白。我们在爱情的幻想里,给予彼此过多的期待,过去总认为由对方来填补自己的缺失或不足才是爱的表现,期待对方付出像海一样深的感情,同时自以为是地要求自己也付出同等的爱。但世上没有这种爱。爱并不是神界里那种伟大的东西,爱是发掘于人间琐碎的事物里的。罗伯·强生在著作《我们》(We)中指出,爱是人间的琐碎,借用这位朋友书中的话来形容,所谓爱就是"搅拌燕麦之爱"。

搅拌燕麦,不是在兴奋、刺激时才做的事情,而是平时的行为。爱蕴藏在平凡的生活里,夫妻之间互相分享的平凡无奇的日常,那些简单、朴素的一点一滴,才是我们要找寻的真正意义。在简单、平凡的生活中建立关系,才能真正发现彼此的价值与美丽。[1]

就像为对方搅拌燕麦,这种再平凡不过的行为,却让我们可以在任何地方都能发现爱。去年夏天在釜山旅游时,我在青年旅社里认识了一对姐妹,她们从庆州到釜山游玩,

---

[1] 罗伯·强生著,高惠景译,<We>,东延出版社(동연출판사),2008年,315页。

第二天要前往丽水，这对姐妹将善德女王与圣德大王画像的书签作为礼物送给了我，意外的礼物让我感到幸福，隔天早上，我也回送了两姐妹香蕉和优格燕麦片。

事实上，我收到的真正礼物是她们的单纯与开朗，只与她们一起度过了一晚，她们的明媚开朗却像春天般温暖滋润了我。与她们共度的短暂时光，让我产生了这样的想法：如果在夫妻关系中，彼此都没有过多的期待与无理的要求，只是在平淡的生活中，通过互相给予一些细微的关怀，来传送自身单纯的爱意，那夫妻关系又会变得如何呢？

我们已变得太麻木、太暗淡了。《冷山》里，艾达曾说："我们所失去的已经无法挽回，土地的疮痍也无法平复，我们能做的只有接受过去的一切，从中吸取教训。"

事已至此，我们如何才能恢复？这是有可能的吗？也许我们要回到最初，叩问自己："夫妻为什么要共同生活？""我们想要的究竟是什么？""夫妻想要真正地平等生活，需要做哪些努力？"

我们只能从过去的经验开始学习，虽无法抹去那些愚昧的过去，却可拓宽我们生命的视角。如果在装满清水的玻璃杯里，滴入一滴黑色墨水，水马上变成黑色，难再恢复原本的清澈，若将这玻璃杯里的黑水，倒入装满清水的浴缸，黑水的颜色会逐渐变淡，若再将浴缸中的黑水倒入干净的湖水中，就会完完全全看不到黑色。若将很久之前降临到我家的苦痛，比喻为玻璃杯里的黑水，那我们现在的状态，就像是已将黑水倒入小游泳池中，颜色已变淡了不少。

我与丈夫的关系以与过去模式截然不同的样貌发展着，我的变化尤其大，正如黄晳暎小说《金星》里所说：饥饿的人用餐的每一刻，都是最珍贵的人生。过去贫乏、辛苦的日子，让我更加珍惜、享受现在的人生。过去所有的失去，让我更能体会什么才是最珍贵的东西。

与丈夫关系的开始，和我想象中的不同，重新又在一起生活的现在，也和想象的不同，我们之间的春天还是战胜了寒冬，彼此间的嫌恶也让位给了友善，就像佛教教义所说，比起恶业的力量，善的力量更强大。因此，接受彼此后，要多多相处，不要自我放弃，要相信彼此都能挺过去，我在心里说。

我每天都想离婚

前阵子，我一口气读完了一本书，金荷娜、黄善雨合著的作品《两个女生住一起》，书中讲述了两个女人各自处理掉自己原来的房子，租了一间公寓养了四只猫共同生活的故事。书中两位作家关系平等的生活状态，最令人印象深刻，让我产生了结婚后，也可以像这样保持平等关系生活的想法。两位作家的经验告诉我们"一起生活，就是要这样开始"。也使我再次感受到，结婚的最佳时刻是在即使独身也能过好日子的时候，如果一个人就能独自生活得很好，那和别人一起生活，也会很幸福。最好的状态是，无论是有人相伴左右，还是独自一人生活，都可以游刃有余。作为独立的个体两人互不依赖，而当两人一起生活时，也能说出"和你在一起真好"。书里的两个人，她们经济、物质、精神皆独立，更重要的是，她们各自就能过得很好。这让我再次确信：不管是朋友，还是恋人，只要两人或两人以上同居生活，就一定要从平等关系开始,特别是经济平等。

我是一个有很强依赖心理的人,在过去,一直以为,只要遇到一个好男人,跟他结婚了,我就可以过上幸福、快乐的日子,我渴望着丈夫带给我幸福。而我的这种想法,也让丈夫变得自私、以自我为中心。得知他外遇时,我很怕他会说出"我想和其他女人生活,我们离婚吧"之类的话。直到他第二次外遇,我下定决心要离婚,但是对于独居的恐惧先阻止了我,更别提独居租房的钱从何而来了。虽然说起来这很羞耻,但这种恐惧让我就像掉入深渊一样凄惨。那时,离婚对我而言,太可怕了。

如果当时我经济独立,可能就没那么惨。因为没有经济能力,让我在物质与精神上也同样没有力量,在外遇事件曝光后,丈夫虽然紧张不安,但同样他也能感受到我的愤怒是无力的。

我的人生开始反转,是从存到两千万韩元开始的。我终于可以自主提出离婚了。过去就算是再辛苦,我也一再忍耐,可是现在为了一点小事,我就能提出离婚,对此丈夫感到非常无奈。不过他的想法不重要。对我来说,拥有把不和这种丈夫一起生活的想法变为行动的能力,才重要。伴随离婚想法而来的是我多年因婚姻而产生的婆家各种责任的消失，我不需要再过问婆家，孩子们也已经超过二十岁，离婚想法上让我得到的显然比失去的更多。

时至今日，已经过了八年，我们还没有离婚，仍同住一个屋檐下。只是，现在的我，无论是一人独居，还是和丈夫共同生活，都可以过得不错。这是抛下世俗眼光与循规蹈矩的行动后所获得的结果。对此，我认为最大的秘诀是要把离婚放在心上。没错，我每天都想着离婚的事。婚姻中，如果因为彼此不同而感到不便，我们就应该设法加以改善，但如果无法改善，我们就应该离婚。当然，对我而言，最后的选择才会是离婚的行动。

最近看到很多人在离婚前选择"分居"等相处方式，我感觉这可以去尝试，夫妻之间本来就可以尝试各自生活或其他的生活方式，这是很好的调节婚姻状态的机会。因为个人需要，我曾有过一年独居生活，这一年我比自己预想得过得更好，也让我间接体验了离婚后的生活。

我有个朋友表达了"不想再做那些媳妇必须做的事"之后，离开家独自一人前往济州岛，生活了十五个月。她在当地打工，在图书馆附近租了房子，每天阅读、爬山，在名叫偶来路的小路上散步，有时间就画画，不再为工作、家务、婆家的大小事浪费时间，准备真正恢复自我后再回来。她在离开济州岛后,发了条信息给我——

十五个月前,我的手臂被折断,痛到掉落在济州,直到有一天我在济州长出了翅膀,现在翅膀硬了,我想,我有力气飞了,我正在飞往陆地。

为了过自己想要的生活,朋友才前往济州。在那里的生活,每天都很美好,她也确信自己未来会过得很好。在即将离开济州前往机场的路上,她有了更深的体悟。自己是因为厌烦千篇一律的人生,而离开了家。原本她以为离开家就离开了婚姻,放下了一切,但在济州岛时,她却还是因为没有参加婆婆的生日和春节活动而感到罪恶,独自痛苦。原来她并没有真的放下。

当她再次回到陆地,开始思考未来的居所。当然,她绝不会再考虑和丈夫一起住。找到其他住处后,她为有了自己的空间而高兴,并发信息给丈夫:"我们可以不离婚,但不必再回到原来的状态了。"丈夫那时才惊觉,妻子原来并不是单纯为了休息而外出的。朋友的心灵看起来轻松又自由,从她身上,我感受到了坚强。

那么,回过头来看,我现在又如何呢?现在的我,已经可以自由地选择是否维持婚姻。因为认知到自己的力量,知道自己不再隶属于哪里,也因为拥有力量,可以在任何时候向丈夫表示:"我们就到这里吧。"没错!声音是有力量时才能发出来的。

连续剧《沙漏》中有一个场景,剧中的爸爸暗自将女儿的恋人送去国家保卫队服役,女儿生气地表示"再也不原谅爸爸了"。爸爸则回复说:"再也不原谅?这是有力量的人才能说的话。"如果不想让他人操纵自己的人生,就必须要保卫自我,拥有为自己人生负责的力量。

如今,我与丈夫都会谨记,婚姻不是终身制,是可以有结束的一天的,丈夫和我都有选择结束的权力,只有各自坚强,婚姻才有可能富足稳定。时代比我们认知的变化还快,当今社会,走向婚姻的首要条件是要尽力呈现最好的自己,过去的妻子、过去的丈夫、过去夫妻之间所存在的不平等也得消失,如同金荷娜、黄善雨两位作家的人生般,夫妻之间,只有彼此平等,才能愉快地生活下去。

突破的相关建言

※ 无论是不满，抑或是关爱，情感与感受一定要化成语言或行动表达出来，因为对方不是会读心术的魔术师。

※ 想哭泣时，不以生气来表达；想生气时，不以哭泣来表现。对自己的情绪要诚实，才能止住心里累积的不满、火气，不要错失情感给予的信号。

※ 收起对爱的幻想，正视现实吧！

※ 回想一下自己全心全意的付出是对方真正想要的吗？

※ 夫妻的根本在于妥协，在两条平行线上奔跑的话，争吵是不会结束的，通过对话、沟通，反复在错误中探索正确方法，一定可以找到适合彼此的出路。

※ 爱不仅会展现一种样貌，还需要不停地去检视彼此认为的爱是什么模样，也必须磨合到适合对方的理想形态。

※ 对方一时犯下错误，这错误不能代表对方的一切。

独立
Independent

没有依赖的自主提案

过去，为了成为被爱的女人
花了太多时间在镜子面前
现在，为了成为独立的自我
请把时间花在自己身上

脱离关注与依赖

不知道从什么时候开始,又是被谁灌输了这种观念,我从很小就认为女人无法独自生活。总认为女人结婚前应由父母照顾,结婚后应由丈夫照顾,年老后应由儿子(子女)保护。总以为女人如果没有结婚,一辈子都会很孤寂,一定要在丈夫的爱护下,才能幸福地生活下去。可是,难道没有男性的爱和保护,女性就真的无法生存吗?

一九九〇年初,一句红透半边天的广告语让演员崔真实进入了大众视野,成为了明星。"好女人成就好男人"也成了家喻户晓的句子。二十岁的崔真实可爱、漂亮,充满魅力,男人们都喜欢她。可爱的女明星加上朗朗上口的广告语,洗脑般地给大众灌输着一种观念:想当个被人疼爱的女人,就要像崔真实一样,漂亮、可爱,还要会撒娇卖萌。

某婚恋公司调查数据显示,女性选择男性最看重的是经济能力，男性选择女性最看重的则是漂亮外表，不仅如此，排在第二、第三位的也都是漂亮外表。当然，不仅男性如此，部分女性也认为漂亮外表是必要条件。拥有漂亮外表，在择偶时，选择范围更广，在社会生活上也更有利，因为人们总是对漂亮的人更亲切。

二十多岁的侄子曾说："美丽外表代表女人的权利。"我便问侄子，如果女人的外貌就是权利，那期限有多长？侄子思考了一下回答："二十多岁那几年吧。"这样说的话，女人的权利顶多十年？如果是那么短暂就消失的权利，那外貌到底有多么重要？

事实上，我并不是不能理解侄子，过去我也曾这样认为。当时我满不在乎地跟同龄朋友表示，我三十岁就会自杀。二十岁出头的人总以为三十岁永远不会到来，想想这是多么天真。人们都想在最美丽的时候享受最大的权利，既然如此，那三十岁后或觉得自己不漂亮的女性，是怎么样生活的呢？

过于重视外貌的我，在三十岁出头"生了两个孩子、魅力全然消失的我"身上找到了丈夫外遇的原因，我认为自己婚姻的不幸是由于自己魅力的消退，魅力消退的我自然会输给年轻貌美的女性，所以无法得到丈夫的爱。

有一段时间去唱歌，我必点沈守峰的《我只知道爱》，好像爱情就是我人生的全部，我也只是为了得到爱才出生的。婚前，妈妈的朋友曾对我说："女人的八字好坏，取决于得到男人多少爱。"电视剧、电影也总是离不开爱情的主题，常出现女人被恋人抛弃就自杀或报仇的戏码，"得不到爱的女人，人生就此结束"，无数的女人把生命献给了无法实现的爱情。荒唐的价值观，就像信仰般存在于我们的日常。

在二十世纪八九十年代，不结婚的女性被称为老处女。社会主流价值观总视这些女性为"得不到男人爱的可怜人"，而过了三十岁还没结婚的女性，被各种带有侮辱性的笑话欺辱着，许多女性不得不在三十岁之前找个差不多的男性结婚。即便是很优秀的女性，也难逃如此命运。曾有一位我很欣赏的姐姐，她很帅气却和一名不起眼的男人结婚了，我实在无法理解姐姐看男人的眼光，当时的姐姐正值二十九岁。

偶尔，我会和妹妹分享这些话题，如果我们有独立的能力，还会结婚吗？我和妹妹都是恋爱结婚的。事实上，当时我能从妈妈身边脱逃的唯一方法就是结婚，令人感到悲伤的是，成功脱离妈妈后，我却进入了另一个更坚固的牢笼。

令人感到惊讶的是,不仅我如此。私底下,已婚女性闲话家常时,最常讨论的话题之一就是将结婚视为脱离父母的唯一手段。可悲的是,我们往往结婚前试图摆脱父母,结婚后想摆脱婆家或丈夫,却又因为很难独立生活而恐惧,只得戴着"依赖丈夫、得到丈夫的爱和保护才是幸福女人"的面具,忍耐地过着"男人是女人的保护者和主宰"的人生,自主生活对我们是想都不敢想的事情。

现在世道不同了,"得到男人的爱,就是幸福女人"这种话已经没几个人相信,女人也不会再因为不幸的婚姻而轻易否定自己的魅力。我的人生旨在成为自己,如果过得不好,那只是因为我没有为自己而活。

为了成为"被爱的女人",我花了太多时间在镜子面前,现在,为了成为独立的自我,我要把时间花在自己身上。

不要把任何人
排除在外

《我不是你们的下属：改善家庭称谓斗争记》一书讲的是跟家人称谓、婆家称谓有关的故事。作者裴尹敏贞在首章提及："所有一切都因为我说了这句话：如果在个人名字后加先生 / 小姐，来取代大伯、哥哥、少爷等称呼，不知会怎么样？"这句话带来了出人意料的影响，在图书出版后一年，作者持续地针对称谓不平等问题提出抗议。

在韩国，在婆家的不平等是从称谓开始的。已婚女子在称呼婆家人时，需要在称谓后面再加个尊称，而反过来，他们称呼媳妇则不需要。称谓后再加个尊称是为了表达尊重，但对媳妇却无所谓尊不尊重。媳妇作为家庭的一员，也是一个个体，可问题是，媳妇在婆家却很难得到应有的尊重，裴尹敏贞的"改善家庭称谓"的诉求，便是旨在倡导认同并尊重家庭中的每一个成员。

在韩国，我明明是婆家的一员，却与婆家其他人的地位并不平等，他们在称呼每个人时，就用称谓把我们狠狠地区别开。在婆家，男性的地位总是高于女性。连我的女儿也因为性别而饱受冷落。她从小就能感受到爷爷奶奶看哥哥和看自己的眼神不同。他们看似无差别地爱着两个孙辈，但孩子却可以清楚地感受到差异，婆家其他男性的态度就更不用提了。在举行春节、祭祖或者其他大型活动等家族聚会时，女儿更是没有存在感。一直在厨房忙碌的我，也无暇顾及她。我和女儿被这样长此以往地对待着，被压制已经成了我们的生活常态。而与此同时，整个婆家乃至社会对待女性的态度就更成问题了。

二〇一九年小姑的女儿结婚，大家族又多了一员。那年年底，公婆家举行了一个规模比较大的家族聚会，所有直系亲属加在一起，共有十四人。因为是年末，要预约一个较大的场地实在不容易，大家又不想随便凑合，便最后决定以烤肉的方式来聚餐。虽然平时一两个月也举行一次聚餐，但已经好久没有全员到齐，所以这次我们都格外重视。

那天是冬至，公公买了红豆粥，除了他之外，每个人也都为聚餐做着自己的准备。婆婆煮了饭和白菜汤，小姑买来肉和青菜，第一个到达的妯娌清洗了青菜，弟弟和侄子铺上板子烤肉，我也带来了一道菜，已成人的第三代共同帮忙摆好桌子、收拾东西，并买回所有人的饭后咖啡及饮料，洗碗工作则由我丈夫负责。

这次的聚餐，每个人都在做事，没有男女的区分，也没有什么长幼有序，就这样平等地合作着。更重要的是，虽然是祖孙三代，也没有发生那种只有一方讲话，而另一方只能老实巴交地听的事情，自始至终没有出现压迫性的上下对话，无论是谁发言，每个人都能自在地说出自己心里的意见。八十五岁的公公提出保守观点时，孙子也说出自己的见解，不是只有单方的结论，也没有出现互相敌对、比嗓门大小的对话，而是相互尝试去理解为什么对方会有这样的想法。聚会中，所有人都平等、自由地发言，大家开心地笑着、喧哗着。这天，我喝着第三代共同买回的咖啡，在婆家感受到梦寐以求的奇迹。如今的婆家，我们所有人都是主人。对于家里的孩子（家中有一对十一岁的双胞胎）来说，这是非常好的事。晚出生，让他们感受到了体谅与尊重，这与过去的大家庭非常不同。

聚餐结束回家的路上，女儿说："孩子们都很开朗，感觉真的很好。"这对双胞胎的成长环境与当初女儿的成长环境非常不同，宽松的环境让她们能够自由、无拘无束地表达自己，长辈们也不会因她们是女孩或者年幼而忽略她们的意见。

这跟我女儿小时候所受的待遇截然不同。我女儿小时候很乖，为了躲避客厅里挤得满满的亲戚，她总是一个人安静地待在房里，即便是这样乖巧，就因为跟某位男性长辈表达过自己的意见，仍被说"这女孩真吵"。女儿庆幸大家庭有了现在这种变化，但身为妈妈的我，情不自禁地想，如果我能更早一点鼓起勇气，会有怎样的变化？我有没有可能，把现在的环境当作礼物送给我的孩子？

男女老少，无论是谁，都应该受到尊重。即使是宠物，如果不被认同，也会没有存在感，也会生病。当然，动物与人有一点不同，动物无法隐瞒自己生病的事实，但人却会在内心里面腐化、变质。

对于整个大家族而言，儿媳只是一个渺小的存在，然而，即便如此，当这个渺小的我产生勇气发生改变时，整个家族的氛围也改变了。这次，不是他们改变了我，而是我的改变，带动了整个家庭的改变。

现在，公婆与我相互尊重，我可以根据自己的实际情况选择是否参加婆家活动。有一次，婆家的聚会时间与我个人的事情时间冲突，正好那天妯娌与小姑也都有事，我们都直接告知公婆，下次再去。家庭中的女性，不管是谁，都不再受强制义务的约束。

有意思的是，自由的选择却让我们彼此的心靠得更近。有时候，我做了好吃的菜会想起公婆，拿去给他们尝尝，这时婆婆也会送些亲手做的东西给我。在这样自发的交流互动里，我感受着感恩与喜悦。

只用想法什么也控制不了

希望大家都幸福，却没有人觉得自己幸福，为什么会这样呢？过去我总以为幸福是神降下的祝福，非常恳切地哀求、呼唤着神，却没有自我行动，后来才领悟到这个道理：只有主动争取，才能得到想要的东西。

八年前我提出离婚，那时，最令我如释重负的是不用再承担媳妇的责任。一直以来，我看到，母亲的角色可以毕业，妻子的职责也可以不再履行，但遇到重大节日，媳妇的职责却仍保持原样。没有人是为了当媳妇才结婚的，但它却成了婚后最大的负担。我知道，这不是那种"我做很久了，不想做了，就可以不做"的事，这事也不可能久而久之便会自动消失。只有真正的分别，才能结束这份工作。我想，我可以做出选择。只要想到我还可以选择，我就瞬间变得轻松，并充满勇气。就像肩上的铁块，我可以自己决定何时放下。

被各种角色束缚的人，是很难获得幸福的。过去，我参加过一些父母教育课程，在课程中我结识了一些女性。

她们很明显是不幸福的。她们为了让孩子过得幸福，努力学习课程中的知识、拼命阅读许多相关书籍，但即便是她们很努力，她们的孩子也没有因此获得幸福。怎么可能幸福呢？妈妈本身就不幸福。为了孩子和家庭，她们忍气吞声地活着。虽然嘴上说着，要自己幸福了，才能让孩子获得真正的幸福，但事实上，她们却远远做不到。

家人就好像是一体连心的手偶，拉扯其中一条线，其他线也会跟着一起动，正如摇动媳妇、母亲或妻子中的任一角色，所有家人都会被牵动。家庭中有一个人过得辛苦，其他家人也都无法获得幸福。所以，当你完全服从于媳妇的职责，同时忍耐着丈夫的不当或暴力行径，并且毫无保留地为孩子付出，这样你的丈夫和孩子们就能幸福吗？不！他们不幸福！他们仅是过得安稳而已，但安稳并不是幸福。

我们可以试着问问自己，我们的父母过得幸福吗？如果你觉得你的父母幸福，那么大概率你也幸福，或者不难寻找到让自己幸福的办法，不用花费太多心思在孩子们身上，彼此都能获得幸福；反之，如果父母过得不幸福，那么自己不幸福的可能性也比较大，因为幸福不是靠学习来获得的，太多的后天学习会增加对幸福的幻想，而这幻想，说不定会让你更加痛苦。

大学新生美淑就是这种状况。

美淑曾希望自己早点儿结婚，生五个孩子，做个幸福的妻子和妈妈。她才高中刚毕业就怀着这种想法，我对此感到相当讶异。当我问到她的父母幸福吗，她却说，爸爸酗酒、外遇，还会对妈妈家暴。除此之外，他的爸爸经常一份工作做不了两个月就辞职，一直对所在公司不满意，各种抱怨。家里的生计，全都靠妈妈做点小生意来维持，爸爸还经常把妈妈的小店抵押出去做贷款，就这样反复为之，直到债务多到无法负担，她的爸妈离婚了。但是因为店铺为爸爸做了担保，虽然离婚了，妈妈仍然不能脱身，还不得不继续拼命赚钱，来偿还爸爸戳下的那些债务窟窿。最让人无法忍受的是，这么垃圾的爸爸和婆家，居然还有脸出入妈妈的店铺，对妈妈吆三喝四，把她当仆人使。

美淑从小到大，从来没有见父母关系好过，也许正是因为经历了父母之间的不和，她才梦想早日结婚生子，渴望拥有跟父母不同的人生。

电影《母亲》（*Mother*）里，有一位女子，她幻想着将自家惨遭火噬的房子重新翻修得如天堂般的美好。来她家参观的人问她,"为什么不干脆拆掉呢,再盖个新房岂不是更方便?"她回答说:"因为这是我丈夫的家呀。"她的丈夫是一位年长的男士,跟她父亲的年龄差不多。她的言外之意是,房子可以修,但不可以拆。提问的人继续表示:"即便是翻修得很漂亮,也不过是做些内部装饰罢了。"但住在丈夫房中的女子却认为,如果这栋房子可以翻修出天堂般的外观,那么,她的诗人丈夫就能写出完美的诗句,两人就能过上幸福日子。

这跟美淑认为她结婚、生很多小孩后,就能过上幸福的生活是一个道理。但现实与想翻修房子的女子的想象并不同,房子最终惨遭毁坏,归于尘土。

新婚夫妻如果只有这类想法,诸如"不管怎样,一定会行的"或是"我一定会过得和父母不同",而没有对于婚姻的准备,那么当结婚典礼结束,亲身体验婚姻生活一个月后,说不定这种想法就会如灰烬般消失。你想要什么样的幸福,以及要如何生活才能与父母不同,这些都需要具体地规划,必须先了解婚姻中夫妻真正的核心价值是什么,才不会使美好想象完全沦为空想。

所以,美淑对于婚姻的想法是不是应该重新整理一下呢?要想获得幸福的婚姻,得先找出父母婚姻失败与不幸的根源,把这种不幸从根儿上杜绝,再重新规划自己的幸福生活才行。只有这样，才能避免可能的不幸在自己的婚姻中重演。

我们想要的幸福不会凭空而来。如同电影《黑客帝国》里的尼奥，必须要在红色药丸与蓝色药丸之间做出选择，和他一样，我们每天也必须问自己："今天要吃哪种颜色的药？"虚无的幻想是蓝色药丸，为了实现理想而行动是红色药丸，那么，你今天要吃哪种颜色的药呢？你需要清楚地知道自己想要什么，才能做出无愧于心的选择，而根据你的选择，人生会为你开启不同的门。

不随着时间流逝
成为大人

几年前,因为我突然提出离婚,丈夫开始反省自己,他发现自己过去生活中犯了不少错误。他跟我说,我的决定让他非常震惊,并且他还半带抱怨地跟我开玩笑说:"有什么问题,你早点跟我说不就好了嘛!"

对此,我深感无奈。在过去的岁月中,我有许多话想对丈夫说,我多少次恳切地希望他能倾听,甚至为此喝了许多酒,可是丈夫对此却没有任何反应。直到后来,我什么都不说了,本以为丈夫会来问我不说的原因,但他还是没有反应。我实在无法忍受,有时会去汉江或公园等安静场所大叫。我多么希望自己的话语能贴近丈夫的心,哪怕是一点点,我因此流了不少的泪,起初期盼着他能倾听,后来发现自己无论怎么哭泣都没有用。

我做过许多无用的事。埋怨与批判、诉苦与威胁,甚至认错、无条件地向丈夫服软,我向丈夫不停诉说:如果他能重新回到我身边，我会和他一同面对和解决问题，我们一定能重新幸福生活。我如此委曲求全，但丈夫却感觉不到我的心，他筑起一座高墙，坚固又沉闷，牢牢地隔绝在我们之间。既然和丈夫无法沟通，我想，我想要的婚姻没有达成的可能，最终，我下定决心提出离婚，但只是这么平静又小声的一句话，丈夫却听到了。

为什么二十三年来，他听不到我的声音，现在我这么平静而小声，他却马上听到了呢？我一味恳求丈夫的样子，让我回想起小时候记忆中的妈妈。每次，妈妈需要用钱时，都会去找村里有钱的大叔。那时候，妈妈就会事无巨细地向大叔汇报着家里发生的事。因为借钱，家里的账本被翻出。看着妈妈不胜感激的样子，我以为对方是无息借款给我们，结果看了账本却发现，我们支付给他的比银行利息还要多很多，并且每次我们还都是连本带息地准时还款。妈妈的态度，让借"高利贷"给我们的大叔非常得意，甚至以我们家的恩人自居。

妈妈的态度说明改变自身境况的权力和力量在对方身上，妈妈越是恳切，对方的权力和力量就越大。而同样，我对丈夫也是，我的恳切，将改善我们境况的权力和力量全部交给了他。

不论是妈妈，还是我，为什么一直以来总是恳求着别人呢？如果用婴儿成长的过程来比喻，可能比较容易理解。

我生第一个孩子，坐月子的时候，公婆为了我与宝宝的健康，把房间温度设置得太高，我还好，可是对孩子来说却太热了，过高的温度让宝宝体温升高、全身通红，看到宝宝红得像大虾一样的身体，公婆才调低了温度，宝宝的体温才逐渐降下来。宝宝感到冷热，无法用语言表达，只能以哭声、表情甚至是身体状况来表达需求，但这样的表达却未必能够被准确理解，宝宝的诉求能否被满足，有赖于照顾者的判断是否正确。直到宝宝学会说话后，逐渐能用语言来表达自己。再随着年龄的增长，自我解决问题的能力增强，不再完全依赖表达给他人。等到成人后，开始能够自我满足需求。

我曾经想学习绘画，高中毕业赚了第一笔钱后，我第一件事就是去报名了画画班。当时我特别开心，因为再也不用央求妈妈，不用像朋友一样哀求着才能上大学，我用自己的钱完成了学业，之后我也总是能够自己满足自己的需求。结婚后，我还学习了钢琴，以三年分期付款的方式购买了小时候梦寐以求的钢琴。成人后最让人开心的，就是感受到自己的力量。

从二十岁开始，我就不再跟任何人提要求，而是自己想方法满足自我的需求。

结婚后，我却好像重新变成了哀求妈妈的婴儿，我开始恳求丈夫，使丈夫坐上妈妈的位置，赋予了他所有的权力。成就幸福婚姻的方法有很多种，而我却全面依赖着丈夫。之后我发觉丈夫并不想跟我一起生活，我就再也没有忍耐的理由了。而下定决心，只需要短短的一秒，也只需要轻声地说一句结束。

提出离婚后，发生了一系列事情，让我更清楚地体悟到，我是自己人生的主人。要如何生活，再也不是父母或丈夫的事，决定在我，解决问题、改变境况的力量都掌握在我手中。把自己的一切都寄望在别人身上，认为只有对方改变了，自己才能摆脱不幸，是幼稚的、逃避责任的想法。我明白，任何时候，自己才是第一责任人。

长大成年，并不是随着时间流逝自然生成的，"我成年了"，不是指年龄到了，而是指能够靠自己行动来解决自我需求了。谁说不是呢？想要什么，想要多少，都是自己最了解也最能满足自己的。经历了过去种种，时至今日，我才真正成为能掌握自己人生的成年人。

为自己留下时间

十五年前,美善带着刚出生的儿子和才两岁的女儿一起住进了婆家。丈夫是独子,当时婆婆突患重病、即将离世,丈夫觉得她有必要去照顾婆婆。当时婆婆年过八十,大家也猜测婆婆将不久于世。所以照顾婆婆在当时是第一位的。美善的生活重心开始环绕着婆婆,但此后,婆婆的身体却奇迹般恢复了,又多活了十三年。可是,美善的生活方式却被彻底改变了。直到婆婆去世前的两三年,美善都一直伺候着婆婆,无法摆脱媳妇的角色,那时婆婆患上了阿尔茨海默病,即便是有护工帮忙,美善也一直无法脱身。

十三年婆家生活倏忽而过,婆婆离世后,美善继续在婆家住了两三年,之后子女陆续升上了初、高中,曾经是新娘的美善也过了四十五岁。曾经,照顾婆婆是美善的人生第一要务,长达十余年的照顾,让她将照顾别人变成了自己的习惯，婆婆去世后，她的中心变成了照顾丈夫与青春期的子女，其他并无转变。

有一天，美善在痛哭中醒来，她梦到痴呆的婆婆在养老院里被强行喂药，那场面就像是在看三十年后的自己一样可怕。如果再像现在这样没有自我地活下去，美善觉得自己的老年会和婆婆一样。过去十五年如白驹飞逝，若再不打起精神，未来的三十年也会如此，时光并不会为某个人而特意停留。

还有另一个故事。

熙妍现在四十多岁了，她的爸爸曾教育她说："懒散是世间最大的罪恶，无知还可以教育，但懒散却不行。"

接受这种教育长大的熙妍，如今却懒散地活着。过去到熙妍家来做客的人，总是对她家的干净整洁赞不绝口，可就是这样的家，现在却开始堆满灰尘。洗手池里堆积着没有清洗的碗筷，冰箱里也堆放着正在腐烂的食物。这种状况是从熙妍的二儿子上大学开始，那年她突然开始感到沉重，起初以为自己是更年期的缘故，身边的人也担心是她健康出了问题，于是她去医院做了全面的体检，结果却没有任何异常。而且，现在的她，还时不时想吃东西，即便不饿，也要往嘴里塞些食物。一吃饭就是那些垃圾食品，导致她的体重快速增加,身心愈发沉重。

熙妍不好意思说自己是梨花女子大学毕业的,大学时她与丈夫相遇,毕业后就马上结婚,社会阅历一片空白。现在想起来,也不知道自己当初在急什么,什么都不懂就早早结了婚。蜜月中熙妍就怀孕了,宝宝出生后不久,紧接着又怀了二胎,两个儿子相差仅两岁。之后,熙妍把所有精力都投入到两个孩子的教育和课业辅导上,功夫不负有心人,最让她欣慰的是,两个孩子相继考上了名牌大学。她实在不明白,自己为什么会变得这么懒散,即使是觉得不可以再这样下去,心里还是情不自禁地对所有事都感到厌烦。

无论是为了生病的婆婆住进婆家的美善还是勤奋养育两个儿子后变懒惰的熙妍,她们都有着同样的症结,就是个人时间的完全缺失。

过去,我总希望自己可以拥有不后悔的人生。并且我以为,想要不后悔,只要努力地去生活就可以了。从小,我就从父母或其他长辈那里学习到"一定要努力、好好生活",每当自己的日记本上写满行程时,就特别高兴,是忙碌让我闲不下来。我从早忙到晚,不允许自己有丝毫空闲,是的,这样努力生活,怎么会不幸福呢?怎么会感到空虚呢？可这一切违背了我的认知，幸福一直没有找来。

随着时间流逝，我渐渐发现，一味地忙碌只是在浪费人生，我只是看上去很努力，实际上却只是在随波逐流中完成各种"应该做的事情"。

电影《朗读者》（The Reader）中的汉娜好像道出了我的人生。

汉娜在工作中竭尽全力，好不容易得到一个晋升的机会，却因不识字而被迫选择了其他职业。在她看来，比起学习认字，不如找个与识字无关的工作。她回避掉了自己真正的弱项和内心需求，最后也为此付出了巨大的代价。因为是文盲，她认下了不属于自己的重罪，也因此被判决终身监禁。汉娜这才知道自己犯了什么错，却已无法挽回。

在狱中，汉娜很后悔，开始跟着磁带学习认字。被宣告终身监禁的她，现在已不需要学习认字了，却仍选择开始，虽然这个决定开始得太晚了，可她仍为此感到高兴。

为自己感到欣慰的汉娜，却让我感到无奈，如果她能早一点儿学习认字的话，是不是一切会变得不一样……

人们面对需要花精力去做的事情，总是会说："我知道，可是我太忙了，没时间。"

是的，我们每天要处理的事情，实在很多，在这种情况下，竟然还要为自己挪出时间？可是，如果只在富裕时才存钱，那就有可能一辈子都没有存款。时间也是如此，如果不提前安排好，给自己挤出时间，那么专属于自己的时间可能永远都不会到来。

一天二十四小时，如果以秒来计算，是八万六千四百秒，如果将时间比喻成金钱，那就是八万六千四百韩元，这钱是公平地分配给每个人的，要如何安排、使用，完全是自己的事。如果每天拿出十分之一的时间给自己，那么十年、二十年后，会发生什么样的变化呢？过去的时光，或许我们已经浪费了数十年时间，但未来已来，为了在抵达人生终点前我们可以不后悔，从今天开始，一定要安排属于自己的时间。

我的经济独立奋斗期

生下第二胎后，我的产后抑郁随之而来，好像失去了自我。妻子、媳妇、两个孩子的母亲，这些角色让我很害怕，无法再回到属于自己的人生里，于是利用空闲时间开始学习中文，没有计划地开了一家店，结果都不太好。不！应该说是完全搞砸了！我想我真的不擅长赚钱。

经历过丈夫两次外遇后，我深感经济独立的重要性，然而想要经济独立，就必须找到工作才行。我尝试着去做服装网店运营、做课后辅导老师，跟过去一样，经历了几次失败，独自熬过了所有的艰难。

虽然辛苦，但经过不断尝试，我最终找到了自己喜欢的事。在孩子幼小时，我曾参加过几次父母教育课程，对继续深入发展，充满了兴趣。但是一直没有找到合适的学习机会，直到两年后，才在地区社会教育委员会里发现了相关的课程，在那里完成了一年半的学习。当时我四十岁。

生下二胎时，三十岁的我还不懂得如何应对忧郁，现在，因为找到了感兴趣的事，四十多岁的我却充满希望。过去十年里，犹豫徘徊、寻找微薄薪水工作的记忆，像走马灯一样在我脑海里一幕幕闪过。虽然上了年纪，但却出现了自己真正想做的工作，为此我十分高兴。

这工作表面看起来收入少，工作时间也不固定，但我仍全心全意对待这份兼职，同时也进行着大学学业，后来我获得了参与父母教育书籍联合写作的机会，八年间，我始终以父母教育讲师的身份活动着，勉强赚取养活自己的收入。

但是，这一工作并没有持续下去。它最终被生活琐事、学业、婆家的媳妇、好妈妈、好妻子等各种琐碎挤压到无法继续，最终在八年后落下了帷幕。这期间，虽然我在身兼数职、努力做着许多事，却没有得到丈夫的任何支持。事实上，决定不做讲师时，回想起自己过去努力争取到这份工作的过程，内心是充满恐惧和不安的。甚至又回到了当初生二胎时那种恐惧的状态。我害怕自己不能重新回归职场。

所幸，过去的失败给了我勇气，我诵读咒语般不停地念着：不管什么时间，一定回得去的，要相信自己。之后，为了找回曾经迷失的自己，我采取了具体行动，例如：给自己放假、提出离婚、从婆家搬出来、让子女独立等。现在我虽然不再做讲师，但这份热爱还在持续，虽然它仍然不能给我带来稳定收入，但我仍和各大机关、个人团体保持着教育合作，同时也做着博客运营等工作。尽管收入不多，但我心中仍以有份收入为荣。最让我高兴的是，能找到自己喜欢的事，即便是有了年纪，我仍然希望自己可以拥有一份稳定的、可持续发展的工作。

如果没有什么意外，我想我还可以再活四十年至六十年，所以，赚钱养活自己，对我来说还是很重要的。我必须找到一份至少在七十五岁前还可以做的工作，即使八十岁不工作，也有收入或退休金。

为了达到这个目标，我的当务之急就是要统计出目前家里日常花销的总金额和未来生活所需的最低金额，由此，我计算出每个月所需费用最低为五十万至六十万韩元，并在存满两千万韩元时提出了离婚。没钱会令我感到不安，但独自生活后，经实践检验发现，比起想象中的金额，我实际用不到那么多。

现在我与丈夫在家里的共同生活费一个月约一百万韩元。此前，子女独立在外生活、丈夫刚退休时，我们的生活费只有六十万至八十万韩元。那时我和丈夫的收入都不是很好，各自也只能负担三十万韩元生活费，后来才慢慢增加到四十万韩元，现在则调整到每人五十万韩元。零用钱各自承担。共同生活费里占最大比例的花费是餐饮费，接着是管理费、税金、生活用品及杂费。起初生活费少时，我们没有能力出去吃饭或做其他娱乐消遣，现在生活费多了起来，我们就可以选择在家吃或是出去吃。丈夫和我，早午餐都是自己解决，只有晚饭一起吃，比起出去吃饭或叫外卖，我们更喜欢购买有机食材回家一起做着吃，同时满足了质与量的需求。

从结果来看，我还得有相当长的时间继续为经济独立而奋斗，毕竟后面我还有很多需要用钱的地方，比如在二〇一九年我申请了国家经办的明日学习卡，等到咖啡师课程结业，我还想尝试一下田园生活，学习模拟经营青年旅舍。

为了负担自己的经济需求，我还是需要工作，在选择工作时，我首要考虑的是不能太忙碌，毕竟我只需要承担自己的需要就可以了，而且对我来说生活质量才是最重要的。如果为了追求金钱，一味工作，生活将失去本来的意义，那是喧宾夺主。如今虽然赚得不多，但我却感觉生活充实，我想，没有什么能比拥有自己的时间更美好的事了。

如果生存不需要依赖他人，自然会有力量，会拥有对生活的发言权。重要的不是赚多少钱，而是学会生活。只要不失去品位，钱多钱少都没关系。偶尔出去看看，来个惬意的旅行，这样的人生，足矣。

找到输出
真心话的途径

我喜欢聊天,如果和谁有共同话题,就算连着聊好几天,仍然会感到兴奋,即便是聊重复的话题也不会感到无趣。婚前,我和丈夫约会时就是如此,第一次约会那天,我们彻夜未眠,一直在聊天,然后连着聊了三天,时机对时,就会说些积压在心里的话。和他的沟通完全无障碍,这是我决定与他结婚的重要原因。

令人伤感的是,这种对话没有持续到婚后,婚后,他变成了一座高墙,不愿再倾听我的声音,更讨厌与我对话。我后来才知道他不喜欢说话,更不是善于聊天的人,当初只是因为好奇才倾听的。这导致我与丈夫相处时,并不自由,因为除了丈夫,我没有其他对象能排解那沉闷的心情,这让我十分孤寂,那些想诉说的话,只能慢慢积压在心里。

那么,积压在心里的话都到哪去了呢?住在婆家一楼时,我曾做过一个噩梦，至今难忘。

我梦到厕所瓷砖墙上渗出了淡淡鲜血，在我看来，血似乎意味着神秘与死亡。这让我联想到埃德加·爱伦·坡的短篇小说《黑猫》(*The Black Cat*)。从二〇一二年夏天开始，这个梦持续做了五六年，我参与梦工作坊后将梦的内容告诉了梦工作者杰瑞米·泰勒，杰瑞米老师建议我："把你的故事写成文章吧！"

这意味着，要我说出累积在内心深处的真心话。对这个建议，我本能地抗拒。一想到要写下来，我就身体颤抖、心脏剧烈跳动，脸也变得滚烫。此前，写作在我的人生中从未发生，写作对我来说是一件遥不可及的事。但是此后，"写下来"这个念头，在我的脑海中从未消失。只是，我不知该如何落笔。这让我进退两难。

我们日常交谈，经常会言不由衷。通常，我们会说些表面话，这些话是以五感为基础的，就是那些用眼睛看、用耳朵听就能明白的话；但真正内心深处的话，却很少提及，也就是那些感受、情绪、想法、意见、欲望等不容易被感知到的真实想法。而我婚姻沉闷的原因就是无法表达内心真正的想法。

刚结婚时，婆婆一有时间就会跟我聊她的故事，虽然每次她曾因无法忍受，带着三个孩子离家，在外租了一间房子，单独生活。过了十余年后，曾祖父母在住处旁边盖了间房子，婆婆又搬了回去。在我看，当时她真的不该回去，她搬回去后，她的家务一直做到曾祖父母离世也没结束。

我想，只有年纪大到一定程度、阅历足够丰富的老人才不会上火。因为无法说出心里话，我心中也有许多怒火，并且在提出离婚后，仅仅对丈夫说出心里话已不足以平息我心中累积的怒火，还有那些大大小小的疙瘩，也是直到此时，我才真正理解婆婆只要一开口说话，就会不停重复相同话题的原因：郁结太久，真的不是一两次就能说完的。

不能说出内心深处的语言，就如同心理的死亡。电影《潮浪王子》（*The Prince Of Tides*）中讲述了因为无法说出心里话而完全无法生存的三兄妹的故事。故事内容是这样的：年轻的妈妈和弟弟妹妹在家，被越狱的罪犯袭击，三人都惨遭强暴。之后，回到家的哥哥杀死罪犯，全家人一起处理掉尸体。妈妈怕被人知道，指示孩子们对此事要保持绝对缄默。此后，孩子们表面上都没有显露出来丝毫异常，但这是常人无法承受的痛苦，之后哥哥举枪自尽，妹妹也多次试图自杀，经常进出精神病院，作为主角的都是在重复相同内容，但她每次都表现得像第一次说一样，表情沉重，偶尔眼角还含着泪，话题也总是这样结束：孩子，我所经历的，如果写成书，可以写好几本了。

有一天，当婆婆再次这样说时，我提议道："妈妈，您可以写写看看！"之后，婆婆真的写了出来，她写在一个老款的笔记本上，是那种我初中时用过的空白笔记本。她把我带去她的房间，拿给我看。本子放在一个文件柜深处，已经写了几十页。打开笔记本，迎面而来的是婆婆的字迹，这令我有一种奇异的陌生感，婆婆的样貌非常端庄而字迹却相当潦草，这真的非常神奇。我想，如果婆婆愿意，她一定可以把自己的生活故事全部写完。虽然我现在已经不太记得笔记本上的内容，但大意是作为长媳的婆婆婚后的生活历程，在大家族里无法承受的事件与平常无法表达的怨恨，婆婆皆蕴藏在文章里了。可惜的是，婆婆就写到了那儿，没有再继续。

婆婆那令人窒息的人生，充满了无法形容的愤怒，就是人们常说的"上火"。有着好女人名号的婆婆得经常忍耐、压抑内心的怒火，导致身体出现了各种各样大大小小的病痛，婆婆常说自己心口不知被什么卡住了，总是闷闷的，胸部周围有个拳头大小的硬块，舌头也像被乱刀割开一样，经常无法尝出食物的真正味道。

弟弟则罹患注意力缺陷与愤怒障碍，与妻子冲突不断。

故事中主角们的精神问题与死亡，就是因内心深处的话语无法得到疏通而付出的代价。在故事中，妹妹阻止自我死亡的方法正是写作。她将自己经历的伤害，写进她的童话故事中，可以说，她的文章是为了生存而记录的。她把语言难以言说的恐惧、深藏在内心的想法、难过的回忆和难以压抑的悲痛转化为文章，通过深层陈述帮助自己从创伤中解脱。

只有深藏于心的话语得到疏通，人才能存活。但如果无论你等待多久，都没有人愿意回应，该怎么办呢？还有一名被我们一直忽略的听众，那就是我们自己。

无法对他人表达的话，可以写给自己听。要知道，文字比声音更安全，你可以在写作中不断重复。我每天醒来，都会记录下前一晚的梦，睡前再完成当天的日记。写下的每一句话都是心里话。遇到难以启齿的事，我也会在日记里表达。通过表达、倾听自己的内心，因此，我不再感到孤单。我救活了自己，因被抛弃而产生的孤寂感也随之消退。

因为不再孤单，最近我与人的见面次数也自然地减少了，丈夫半开玩笑、半担心地说："这样下去，等你老了，也没个朋友,冷冷清清的,怎么生活呀?"由于不了解情况,他才会这样说吧。如果真的是这样,我想,我反而会感到自由与充实,因为无论何时我都和最理解、最愿意倾听我的我自己在一起。

充分哀悼伤处

有些人因意外或战争失去手脚，即使时隔久远，仍会感觉断肢疼痛。这种现象被称为幻肢痛。神经学家维兰努亚·拉玛钱德朗（Vilayanur Ramachandran）博士为了治疗幻肢痛的病患，制作了一个箱子，他请患者向箱子中放入一条腿，患者通过箱子里挂的镜子，可以看到镜像的腿，只要箱子中的腿轻轻一动，镜子中的另一条腿就会随之而动，会给人镜子中的腿是真实的错觉，最后患者的疼痛感会慢慢消失。

其实，心痛与幻肢痛类似，即使眼前情况已然不同，但人们仍会被过去的经历影响，遗留在心上的创伤会不自觉地让人持续感到痛苦。

许久以来，海星被内心如幻肢痛般的伤痛折磨着。在她小学三年级时，爸爸再婚，渴望母爱的她频频向继母示好，继母却对她十分冷淡。为了让继母开心，即使在严冬里，幼小的海星也会做很多继母交代的家事，而继母给她的饭，分量却总是非常少，即使锅里的饭还满满的，海星也不能尽情享用，这让正处于成长期的海星常常觉得饥饿。如果海星跟继母说还想再吃点儿，继母就会回答"你是家里工作的长工吗？女孩子吃一碗就够了"。海星的继母，自己也有孩子，她将亲生子女托付给亲戚再嫁到海星家，也不知道是不是她心里记挂着被自己丢下的子女，面对海星时，无论是饭还是爱，都相当吝啬。海星高中毕业后进入职场，从家里搬走，再也不用看继母脸色，自己做饭、尽情吃饭，身体渐渐长开，结婚后却仍放不下对米饭的渴望。有时候，饥饿感如狂风暴雨般涌来，即使在大半夜也一定要起床，抱着饭锅吃饭。

身体与心理的饥饿是海星最大的伤痛。婚后，海星期望以丈夫的陪伴来填补心中的饥饿感，要求丈夫一起到后山散步，这小小的要求，对丈夫来说却似乎非常困难，他每天以忙碌为理由拒绝妻子的邀约。赚了足够的钱给妻子，却总是不在妻子身边，于是海星又只好用米饭来满足自己心中所有的渴望。

在童年，你是不是也有过这种经历，每当询问妈妈自己是怎么出生的时，就会听到诸如"你是从桥下捡回来的"之类的话。有一天，我读了《寻找妈妈三万里》一书后，开始觉得妈妈说的可能是真的,并幻想自己的亲生妈妈不知道在哪里生活。小时候,每次看白雪公主、糖果屋、卖火柴的小女孩等童话故事时,我都会流下眼泪。那些童话故事像一面镜子,映出了我们生活的样子。

我们无法扭转过去的人生,但痛苦却可能因铭记方式的不同而有所改变。柳时和诗人在《好与坏,谁能知?》里曾提过"埋葬和播种"的故事,讲到了自己年轻时的痛苦经历,并补充说明:不管多么严重的苦痛,其实都不会让自己感到不幸,自己更不会因为这些痛苦而毁掉自己正常的精神状态。作者甚至反问读者:难道我们不能把它们当成日后想起就莞尔一笑的回忆吗?

在生命的某一瞬间,会感到自己好像被埋葬于深幽的黑暗之中,在黑暗里不断用力冲刺、挣扎也看不到一丝亮光。事实上,我们不是被埋葬于黑暗之中,而是被播种……或许有时会认为是这世界埋葬了我们,但能转念把它想成是被播种的也是我们。[1]

同样,我不会将过去葬于黑暗,而是选择将伤痛播种下来。对我来说,播种的方式之一是写作,将艰辛的回忆写下来,与病患将身体的一部分放入镜子箱中治疗是一

---

[1] 柳时和,<좋은지 나쁜지 누가 아는가>,树林出版社(더숲),2019年,97页。

样的，对于爸爸的离世我就是以这样的方式处理的。

一九八〇年，我十五岁生日的第二天，爸爸突然去世，即便时隔多年，爸爸的突然离世所引发的悲痛仍然在我心中占据很大位置。没有充分哀悼爸爸，也影响着我和丈夫的夫妻关系。如今在写下爸爸故事的同时，我也看到了埋藏在我内心深处的悲痛，爸爸仍在我心中，我未曾让他离去，并把他的身影投射到了丈夫身上。当我写下这一切时，才开始不以一个孩子的视角，而是以成人的视角再次体验当时的伤痛，现在的我与十五岁的我的感受联结在一起，当时没有哭出来的眼泪，现在像水库泄洪般流出。随着时间流逝，我慢慢脱离出来了，现在，父亲的死亡再也不是我正常生活的阻碍。

我在写作时，总将自己化为小说里的主角，使自己能更鲜明、生动地与我的故事联结，因此从中得到慰藉，伤痛也开始不那么清晰。我们总有些伤痛滞留在了孩童时期，但悲痛的孩子是很难顺利长大的。所以如同幻肢痛的治疗，我也开始观照起自己内心的缺口，慢慢深入检视，渐渐地治愈了自己的心。某天，我看到了猛然就成长了的自己，我想这应该就是写作可以疗愈人心的验证了。

这不是你的错

申东锡导演的电影《幸存的孩子》讲述了因为勇敢表白而幸存下来的一个孩子的故事。电影以加害者与被害者的父母为核心,展开了一连串故事。因为校园暴力造成一名小孩死亡,事件发生突然,加害者心里也留下了一生无法磨灭的罪恶感。事件的真相纠缠、掩藏于学校与父母等利害关系之中,不知道孩子是不是为了躲避罪恶感,希望自己能快速遗忘这件事,在面对待自己很好的被害者父母时,渐渐不得不正视自己的良心。

在电影中加害者将事件真相与自己的错误直接向被害者妈妈坦白,电影没有使用再现当时事故画面的手法,而是直接让加害者交代整个事件过程。对此,电影评论家李东镇说:"这样的方式,才能让加害者产生将自己从伤痛中解脱出来的力量。"虽然是可怕且想逃避的痛苦,却仍然还是要由自己面对、陈述出来,因为摆脱悲痛的力量是从自我剖白中产生的。孩子犯下的严重错误,由本人直接表白出来,他才不会被死亡事件所带来的沉重感压垮,才能得以幸存。

很多加害者都曾经是被害者。被害者竟然变成加害者,这是多么讽刺呀!但是仔细想想,世上有多少人没有被伤害过呢?这么多的被害者,从何而来?所以我们也有成为加害者的可能。

与幻肢痛相同,人在心理上如果经历过被切断,就很难再成为一个完整的个体,因为内心会感受到持续的伤痛。有人因不明原因受了伤,之后又懵懵懂懂长大,后来成为母亲,并且还下定决心"绝不像妈妈那样活!"。这样的决心宝贵但天真,怎么会以为只要努力就能成为和妈妈不同的人?要知道,妈妈一直停驻在我们的潜意识里。就像电影《化身博士》[1]一样,你越想当个像杰奇一样有个性的妈妈,就越是看不见自己潜意识里的海德,越无法阻止自己无意间冒出的言语、行为与态度,直至最后也像妈妈一样说同样的话、犯类似的错,伤害了孩子们,从而内心产生更多的罪恶感。

---

[1] 《化身博士》(Strange Case of Dr Jekyll and Mr Hyde),讲述了绅士亨利·杰奇博士喝了自己配制的药剂分裂出邪恶的海德先生人格的故事。

罪恶感如同石头一样，在给他人造成伤害的同时，自己也会陷入深深的悔恨，并且会下定决心以后要善待对方，但问题就在于做不到。于是便开始拼命努力，希望补偿伤害，但过分花费的心思，反而成为愤怒、委屈以及造成其他伤害的诱因。因为罪恶感是歉疚、后悔、愤怒、委屈、自我厌恶、自责、无力感、放弃自我等各种负面情绪的根源。

或许，原本只是想掩饰不自觉中对孩子犯下的失误，可罪恶感却有可能让人们先杀死自己。因此，必须减轻内心的罪恶感才行。那么，要如何做呢？首先要向自己坦白这些难以启齿的错误和真相，必须明确地认识到自己做错了什么。需要面对内心的"海德"，才能停止反复发生错误。

将自己视作邪恶的海德，对我们来说是很痛苦的，可是，即便如此，仍要充分地原谅自我才行。我们的人生总是不停失误、犯错，但若以罪恶感来替代这些错误，就会导致人活着，精神却死去了。我想，也许电影想传递的是：有罪恶感的人，如何才能幸存下来。

第二，必须向自己表达：不是我的错。我们小时候所受的伤害，往往源自父母错误的养育方式，但对于孩子来说就父母是神一样的存在，即便是我们对父母的行为无法完全认同，也往往无法辨识出他们的错误。我们会以为否定父母，就是否定自己，是自己不好，才得不到他人的爱，于是努力想成为父母喜欢的样子，成为更顺从的小孩，直到长大。

但是再怎么努力，我们还是会觉得自己有许多不足，因而自责地生活着。背负着沉重罪恶感的你，一定要记得：不是你的错。

"不是你的错"这句话最令人感动的版本出自电影《心灵捕手》，是西恩·麦奎尔的一句台词。在电影里，他对威尔反复十余次说出这句话，他深沉、温暖，以深切尊重的眼神注视着威尔，走近威尔，最终，被触动的威尔放下戒备号啕大哭。那是意识到"真的不是我的错"而流下的眼泪。这句话也帮助因罪恶感而萎靡的我重新振作。因此，你要持续地告诉自己这句话，直到全身的细胞都能感受并接受。

"不是你的错"这句话，一不小心可能被视为是在逃避错误。不，不是。这不是要逃避责任，而是承担责任，因为承担错误的力量正是从这里衍生而出。不管什么原因，我们已经受到伤害，抚慰伤痛才是最重要的。神奇的是

"啊!原来真的不是我的错",这句话所带来的变化。如果你能够深深地理解并感受这句话,那么,你就有能力认知自我的错误,这和接纳自己是相同的意思,不是只接纳表现好的自己,也要接纳犯错的自己,这样我们才能放下压在心中的石头,承担起自己行为所带来的影响,这才是身为成年人负责任的生活态度。

独立的相关建言

※ 不要为了被爱,而只徘徊在镜子前。幸福不是得到男人的爱,爱自己的女人才真正幸福。

※ 若想任何人都不受到冷落,使所有家人皆平等,自己必须先有改变。

※ 不断恳切地哀求与诉苦,那么主导情势改变的就会是他人,实则,改变的力量只在自己身上,不要把自己的权利交付给别人。

※ 宣示绝对不像父母那样生活的人,大部分都还过着父母那种婚姻生活。丢弃茫然的幻想,先确定自己要的幸福是什么。

※ 要先分配"自己的时间",即使一天只有一两个小时,也要花时间在可以让自己成长的事上。

※ 不要放弃赚钱能力,赚取多少钱不重要,在其中找到自己喜欢做的事更重要。

※ 把你的故事写成文章,说出真心话,经过自我慰藉,让自己不孤寂。

前进
Forward
朝向更好未来的建言

辞去那些压抑我的职责，
去除那些折磨我的苦痛，
同时发誓不再让自己哭泣。

教训中的奇迹

那一年独自生活时,突然面对二十四小时完全属于自己的生活,我感到陌生。短暂地感到解脱后,我开始不知所措,不知道要如何度过这些时间,经过反复思考,我决定动笔写文章。

婚后,每每感到辛苦,我的内心就会出现很多疑问:我为什么这样生活?要怎么生活才好?我现在应走向何方?我的人生到底从哪里开始错了?这些问题对我来说,非常复杂,我不知道从哪里入手,只是一直毫无头绪地被那些必须要处理的事情追着往前走。直到我真正拥有属于自己的时间,才开始回顾过去糊里糊涂的婚姻生活。但我也不想再面对那些回忆,揭开长期以来被遮盖的伤痛。要解开回忆中那些纠缠在一起的线团,让我备感痛苦。我想快速遗忘那些曾令我身心疲惫的过去,希望未来只有好事发生。但是,想拥有幸福,就必须先面对、检视真实的过去,历史学家告诉我们,如果刻意忘记不幸的过去,历史就会重演,我想这也适用于个人的人生。

电影《在我入睡前》(Before I Go to Sleep)里的克莉丝汀经历了险些让令她送命的暴行,此后,她的记忆只有二十四小时。每天早晨起床,头一天的记忆都会消失,于是她努力录下影像日记,用来提醒第二天失忆的自己,要抓到让自己受伤的犯人,并决心要和自己真正的家人见面,发誓"未来谁也不能夺走我的人生"。

和克莉丝汀一样,我也不再迷失,于是开始记录那些曾令我感到痛苦的事。但真的要写下二十七年的婚姻生活,并不容易。印象中明明发生了些对我不合理的事,一旦开始,却像得了失忆症一样,坐在白纸前发呆。所以,刚开始,我只是没有顺序地写着,直到后来,写着写着,记忆才开始渐渐有序浮现。

那成为我重新出发的契机。记录让我回到过去,将经历过的事反复整理,来来回回十多次,整个过程好似自我疗愈。这让我抛开了加害者与被害者的视角,重新回到平等的视角,开始客观检视自己与整个事件,并产生了这样的想法:所有发生的事,真的只有丈夫和婆家的错吗?我自身真的一点儿错都没有吗?发生的这些事,一点儿都没有正面意义吗？

在此之前，我一直把责任推到别人身上，我怪罪教我要忠诚、奉献的妈妈，只期待媳妇干活或做事的婆婆，以及自私自利不懂倾听的丈夫，但真正让我的人生辛苦的根源其实是我自己。因为我顺从世俗观点，想当个不错的女人，而当好女人的前提却是要成为对自己最坏的那个人。

还有一个更重要的领悟是：对过去的遗忘，意味着自我的迷失。我们常说要记得美好的事物，遗忘糟糕的境遇。但问题是，若清除所有糟糕，那人生还有值得回忆的事吗？如果，我过去的大部分记忆都充满着伤痛，那我的人生都得消除吗？我们得重新审视，那些被定义为糟糕的事，真的都只存在负面意义吗？思及此，我突然领悟：世上没有任何一件糟糕的事物是需要被快速遗忘的。

万事万物都像硬币的两面，存在着正与反。被定义的好事里，也有遗憾；坏事里，也有庆幸。举例来说，我人生中最不想记住的就是丈夫的外遇，对我来说，这是最糟糕的事，这个事情的结果是不会变的，但里面真的完全没有值得庆幸的事吗？

认真来说，有的。丈夫的外遇给我很大的冲击，却也让我得以顺利搬出了婆家。原本丈夫坚决反对分家，但因为这件事情，他不好再坚持，公婆也只得默默答应。事实上，外遇事件成了我逃离婆家的正当理由。

还有一件事值得庆幸，那就是我的觉醒。我决定不再依赖丈夫。虽然对我来说丈夫外遇事件是个巨大的遗憾，但现在回想起来，这事件却成为我主宰自己人生的出发点。如果没有发生这件事，我现在仍然是个软弱的、安于现状的、被丈夫照顾的妻子。但其实，丈夫的两次外遇让我明白：不能再对这个人有所期待了。

这么想来，我在三十多岁得的那场病，也是如此。疾病本身是不快乐的，但对我而言，它却伴随着令人庆幸的结果。一直以来，我都没有照顾好自己的身体，生病成了我开始注意健康的契机，如果不是那场病，我恐怕会一辈子都病恹恹的了。

我们的人生存在着矛盾，好事可以变坏事，坏事也可以变好事。因此不能仅以一时的好坏来判断，让事情再沉淀沉淀，，等到一切生活体验完成，再下结论。而如今的我也发现，人生中大部分的幸福都是从痛苦中得来，奇迹更是如此。正如我带着坚定的决心，递出了一张媳妇的辞职信，为婆家带来了全方位的变化。

蒲公英盛开在狗粪上，人们认为狗粪最肮脏，而它恰恰也是公认的植物最好的肥料。同理，那些糟糕的记忆，也将成为最肥美的蚌，蕴育出美丽的珍珠。

把每天做的梦
磨成自己拥有的东西

我有很多没能坚持下来的事,比如针线活,虽然刚开始很有激情,但后来觉得有点儿辛苦,就放弃了;刚结婚时,我用三年分期买了一台钢琴,起初也觉得很有趣,学了一年多,在学习彻尔尼三十首练习曲时结束了;后来,被古典吉他旋律吸引,买了把昂贵的吉他,因为练习时手指太疼,连弹奏两首都无法支撑,也放弃了;排笛跟吉他是类似的情况;绘画则是从初期的素描课就逃走了;游泳也是,去了一年,到学习蝶泳就放弃了;甚至连学脚踏车,也因太害怕跌倒而悄悄地半途而废。

同样,织毛衣我也无法完成,高中一年级寒假时,我对织毛衣感兴趣,兴冲冲地到东大门市场买了毛线,可是只织了一半,至今还未完成。每当我在阁楼,看到这件未完成的毛衣,就感到它是挫折与失败的象征,令我十分痛苦。当然,我初中时学做的那件小件棉被也是中途让妈妈替我完成的。

想达成梦想,没有不厌其烦、反复练习的耐心是不行的。电影《功夫小子》(*Kung Fu Kid*)中有这样一个重要情节,十二岁男孩德瑞想学习功夫,可是师父每天只让他做一个简单的动作——"脱掉夹克、挂好",在德瑞看来这是一个非常没意义的动作,当他再也无法忍受、准备放弃时,师父给他做了示范,原来这是功夫的基本动作。这也提醒我们,其实所有的日常生活,都是生活的基本功。

跟我一起在梦工作坊学习的,有一位牙科医生,他认为自己的工作枯燥无味、没有价值,常常思考什么是更有价值的事。有段时间,他梦到一位老人要求他"搅碎石头,铸成佛像",起初,他并不知道自己的梦有何意义。三年后,他又做了另外一个梦,他梦到自己坐在一个地下工作室里的石椅上磨刀,因为一直坐着,石椅被他坐出了臀部形状,而梦中的地下工作室看起来就像他平时工作的牙科技工室。

这个梦,让他的想法产生了改变。之前他认为,牙科技工的工作太简单,可是如今他领悟到,自己日复一日的牙科工作与碎石铸佛是一样的,明白了重复工作的真正意义，也明白了一味去区分有无价值是没有意义的。虽然他之前没有感受日常工作的珍贵，但最后他还是被唤醒，了解了工作和铸造佛像价值是相同的。

听到这梦的杰瑞米老师很受感动，因为牙科医生讲到的那个久坐的工作细节。简单的工作反复劳作，容易让人产生无力感和挫败感。而身为医生，却需要如此。他们每日的治疗工作就如同搅碎石头、铸造佛像，只有长时间反复，才熟能生巧。而这样每天反复做同样的事，其实就是在磨炼自己，如果能全心全意地做好每件微小、无意义、无趣的事，也就能成就心中的佛陀了。

我们每天重复的日常生活也是如此。由于长期做全职主妇，比起每天简单、繁复的家务，我更想做些有意义的事，加之这是人们定义为身为女人、媳妇必须要做的事，使我更加排斥，因此，我不过是在坚持忍耐这样的生活而已。

我虽然是忍耐高手，但在想做的事情上，忍耐度却很差。过去，我以为简单乏味的事人人都不喜欢，一遇到这种事情，我就反感。后来才知道，有人从一开始就很享受这一过程，并经常主动温习和反复这个过程。有一次朋友跟我说，打算送我一个编织手提包，做我的生日礼物，她打算用空闲时间来做。听到后,我说:"不要做了,又无聊、又辛苦。"朋友却说:"针线编织是很幸福的事,我做得很愉快。"后来,她还是把手提包和手工肥皂送给了我。那是充满她心意的礼物。有些事,也许对你来说很辛苦,但对另外的人却是愉快和幸福。

我们需要练习以不同视角去看一件事。例如,写作对我是有益的事,但却难以坚持,我无法持续地写下去,常在写与不写之间反复挣扎。但当我转念一想,其实写作就像村上春树所说,创作文句是很愉快的过程,只要将注意力放在愉快的感觉上,我的写作也变得越来越愉快起来。家务也是同理,像感到针线编织过程很愉快的朋友一样,我开始努力享受做家务的过程,在无趣、毫无意义的工作里,全心投入,开始去感受平凡里的价值。因为想做,便能忍受,便能坚持,就能变愉快。经历这些后,我体悟到我们应该以不同的方式来看待所谓生活中的苦痛。

面对问题
没有那么痛

美国伊利诺伊大学的丹尼尔·西蒙斯（Daniel Simons）教授有个有名的实验。实验内容是让我们观看一部影片，影片中有三名学生，分别穿白衣、黑衣，他们同时传递两颗球。

但事实上，实验真正的问题是：在影片中你看到大猩猩了吗？这让大部分看完影片的人都感到十分突兀，所有人都专注于传球次数，完全没有看到大猩猩。可事实上，影片中大猩猩在人们的传球过程中出场，捶打了几下胸口后退场。实验结果显示，有一半以上实验参与者都回答没有看到大猩猩。而我则是因为事先知道会有大猩猩出现才看到的，如果在不知情的情况下，我想我也无法看到。除此之外，还有一个大家都没看到的是，窗帘原本是红色的，后来换成了黄色的，以及传球的其中一人跑出了画面。

透过这个实验,我们可以清楚地知道:生活当中,我们只关注自己想看的、需要的,而基本不会注意那些不需要的,会错失包括侧面、背面等其他许多层面的视角。就这样,我们在不知不觉中错失了多少东西?

我想其中之一就是对待痛苦的态度。面对痛苦时,我们总是无法正视那些辛苦与哀痛,只要条件允许,一定会尽可能地避免困难,选择舒适的方式,当无法回避时,又会认定那一定是很辛苦的事。在躲避艰难、痛苦的过程中,错失了很多。对于苦痛也存在偏见,一刀切地将与艰苦有关的事情归为不快乐的人生,舒适的生活状态归为体面的人生。

在集中营里幸存下来的作家因惹·卡尔特斯以自传小说《非关命运》(Fateless)获得诺贝尔文学奖,此小说与其他大屠杀幸存者的作品不同的地方是:它讲述的是集中营里的幸福故事。只要提及奥斯维辛与布亨瓦尔德等集中营的名称,大家就会联想到那是地狱般的地方,充满残酷。小说中的少年在集中营里度过了一年,虽然这一年成为他一生的心理创伤,但他的经历也并不都是悲惨的。

有人在那如同地狱般的环境里寻找着幸福,也有人在大家都羡慕的环境里过着不幸生活,因此我们有必要正视自己心中的痛苦状态。电影《伸冤人2》（*The Equalizer 2*）里有这么一句台词：世界上有两种痛苦，一是难以忍受的痛苦，一是带来变化的痛苦。

如果无论如何都要经历一番痛苦，我们为什么不选择会带来变化的痛苦呢？持续痛苦是不幸的，但如果现在经历的痛苦能给我们带来改进，那就不再是不幸。

犹太裔精神科医生维克多·弗兰克尔（Viktor Emil Frankl）以集中营的经历为依据，创立了"意义治疗与存在主义分析"（Existential Psychoanalysis）的理论，也称"意义治疗"（Logotherapy）[1]。在集中营里只感到痛苦的人，没有任何想活下去的渴望。但是维克多·弗兰克尔却选择了带来变化的痛苦，在心中将自己在集中营的生活点滴都记下来，准备在未来将它写成书，这也成了他必须活下去的理由。他最后活了下来，留下了这本《活出生命的意义》（*Man's Search for Meaning*）。

每个人都认为痛苦带给人的感受就是令人度日如年。还记得几年前在电视新闻里看到，一个红极一时的江南老板面临破产危机，感觉走到绝境的他杀死妻子与两个孩

---

[1] 所谓意义治疗，是指协助患者从生活中领悟自己生命的意义，借以改变其人生观，进而使其面对现实，积极乐观地活下去，努力追求生命的意义。

子后自杀,留下了一栋价值六七亿韩元的房产。一直以来过着富裕生活的老板眼中看不到这栋房子,宁愿选择死亡,也不考虑变卖房产,多么令人无奈。能够正视痛苦、解决问题的人们,异口同声地表示:其实,如果能够直面痛苦,会发现,痛苦并没有那么痛。接受痛苦,你会发现自己已开始成长。

我也总是对尚未发生的事情感到不安,习惯性地担心未来,妹妹总是严厉地对我说:"都没有尝试的事,为什么就说不行?不要对还没有经历过的未来下决定、预设立场。"

虽然是一同成长的姐妹,妹妹和我的生活方式却不同,妹妹绝不会在尝试前就说不行,不会用一句"不可能"逃避任何事,也不因绝望与郁闷浪费自己的精力,遇到小的困难也不会放大,遇到大的困难,也不会轻言放弃。接受现实、面对痛苦、解决问题,妹妹总是直面那些难题,每一次出手都能切中要害,在困难之中找到意义。对妹妹而言,所有的经历都是珍贵的珍珠。这样的妹妹,让我学习到了命运不是被给予的,而是自己创造的。

现在的我逐渐认识到,当我直面生活中的困难或辛苦,并采取行动去改进时,我会感到高兴和满足。几年来,我一直在参与市政府营运的周末农场活动，两三周去一次菜园，由于风调雨顺，即使我很少去劳作，农作物也生长得很好。

二〇一九年的夏天，我耕作的土地糊里糊涂地由九点九平方米变成了十九点八平方米。需要处理的耕地变大了，再加上作物播种的时期各不相同，又有作物死掉了，长出许多杂草需要处理，为此我花费了大量的时间和精力。

曾有一次，种下幼苗后，一个月都没下雨，怕它们枯死，我只好两天就去巡视一次，并在骄阳下一点点给它们浇水。

尽管辛苦，我还是没有放弃种植。究其原因，主要是小生命的成长令我感到高兴又神奇。收获的蔬菜也拿给公婆一起分享。婆婆担心地问我："种菜那么辛苦，为什么还弄了个菜园？膝盖也不好，买来吃就好，何必如此辛苦呢？"婆婆只看到了工作辛苦的一面，却没有看到我愉快与欢喜的样子，以及通过努力耕耘感受到的丰足。

不再哭泣

旅途中,面对如画的风景,面对激动人心的表演,在热闹的人群中,在众人欢笑的时光里,我的心常常是抽离的,即使是和喜欢的人在一起,我的心也是痛苦的,好像单独存在于另一个平行世界。就如同打开眼前丰盛晚餐的刹那,怀里的孩子突然开始放声大哭,抱孩子的人便很难再尽情享用美食。

某一天,我梦见一个小孩在哭泣着,身旁的人对他漠不关心,知道哭也没用的孩子,只好停了下来。醒来后,仔细想想,不在意这孩子的人其实是我自己。因为我所有视线与关注都是向外的,只重视自己所承担的职责的履行,只会体贴、理解他人,并不真正关心、理解自己,从不觉得必须要先照顾好自己,更从来没有检视、思考过自己想要什么,想要的理由是什么。只觉得得到别人的爱与认同是更重要的事。那么,梦里那孩子停止哭泣时在想什么呢？

小时候不管如何努力，总是得不到想要的爱与认同，总认为不努力就得不到爱。这样的想法让我觉得自身微不足道。这微不足道，让内心中的小孩对我心生埋怨，她的眼泪流不完，可是她再哭也没有用，因为我根本就不关心。她一直悲伤着，直到我意识到，不能再让她哭泣，我必须正视她的艰辛与悲伤，孩子，你为什么哭泣？停下来，我开始倾听，我听到我的内心不断地在诉说，因为"我还不够好"。

这样的情况，一直持续到我年长。我一直内心极不平静地活着，直到现在。如果某天，我想清闲一点儿，休息一会儿，不一会儿，内心中就会有个声音冒出来，对我说"这样玩乐可以吗？""努力都没做好，怎么能停下来"。随即，我便又会开始给自己找事。这样努力一段时间之后，我便开始感觉内心疲惫，每次都无法支撑太久。这样的情况反复出现在我的生活里。外人看起来，我好像是在热情投入地学习新事物，好像是在不断地挑战自己，可事实却不过是我为了证明自己不是废物罢了。

有一天不忙的时候，我突然问自己："我是不是在浪费时间、浪费生命？"这个问题让我的心情直接跌入谷底，巨大的忧郁瞬间如大浪般向我涌来，而我知道，一旦被扑倒会没有脱逃的力气，会想死、会讨厌自己。

那个瞬间，我突然想起精神科医生田宪修博士在佛教电台里所说的佛陀开示。佛陀常常教导弟子，平时就要否认、去除掉自己的存在。弟子们却误以为是要让自己的身体消失，就陆续自杀。等到他结束闭关后，发现很多弟子都消失不见了，佛陀问："为什么寺院里的比丘减少了？"一个弟子据实以告，佛陀便召集了所有比丘，开示弟子们要以正念冥想来进行自我净化。"如果能常常正念冥想，习以为常后，就能停留在沉静、纯净、幸福里了。出现负面的、有害的心念时，便能马上消停、平静下来。"

所以，当你产生阴沉情绪时，不要放任不管，要时时内观，观察自己的一切。当你陷入沼泽时，越是挣扎越会陷得更深。反过来，拥抱沼泽，放掉全身力量，才能慢慢逃脱出来。心的沼泽也是相同的，越是想快点儿度过艰苦的生活，越是会停留在痛苦深处，此时任何慰藉都无济于事，好好检视、关注自己内心的状态是最好的办法。

每当我的内心自我否定，我就会开始关注自己："原来我正在批判自己呀！我正说着没有价值的话呀！"然而，要面对指责，并不容易，自我的否定，常常让我全身上下没有一丁点儿力气,痛苦到想死掉。还好有另一个守护自己的声音,没有放任我掉入永无止境的地狱里。

内观自心这句话,要我们从另一方面来检视自我的不足、缺失。你一定要告诉自己,就算不被爱也没关系。尤其是当你陷入深深的自我厌恶,任何积极的想法,都不能帮助到你,你的内心连"我是有价值的人,是一个不错的人"这样的声音都听不到时,不要逃。面对这巨大的内心风暴,告诉自己没关系,隔天早上一觉醒来,一切已焕然一新,睡了一觉的你已从那份情绪中脱逃出来,心情会格外晴朗。

我还有一次洞察自己内心的经历。平时,我没办法忍受肚子饿,突然饥饿又无法吃东西时,就会像急诊病患,全身直冒冷汗、两手发抖、全身无力,很难支撑起自己,我曾去医院检查过,当时的结论是血压低导致。有天深夜,我读书读到一半,一阵饥饿感突然袭来,旋即症状就严重到无法忍受,在那瞬间,我突然想再观察观察自己。刚开始时,我觉得如果不马上进食,后果不知道会怎么样。之后,我果然开始全身无力、浑身颤抖,胃和肚子都感到酸痛。然而,我还是没有像平时一样急着吃东西,而是继续观察自己哪里还有什么症状出现,什么是自己最难以忍受的。过了不久,像谎言般,我的饥饿症状竟然全消失了。整个过程就像在照镜子一样神奇。

我体悟到所有现象都会如同吸气、呼气一样，会出现也会消失。田宪修博士在课堂上曾提及这个话题，他说，觉得没钱很苦是因为心无法承受没有钱的状态，觉得身体疼痛很苦是因为心无法承受身体疼痛的状态，而感觉被蚊子叮咬时痒死了是因你无法承受痒的感觉。

相反，若抱持能承受的想法，痛苦就不再是痛苦；如果急着要不舒服的感觉消失，反而不能脱离当下那不舒服的状态，就像因为痒就一直抓，那只是应激的反应。

我关注到自己内心哭泣的小孩，是从检视自我内心的指责与批判的声音开始的。由此，我也开始关心因为这些声音所产生的情绪。你看，观察自我并不需要很长时间，只要稍加照顾，就能保护自己的心。

我们总是关注他人、优先考虑外部事务而忽略自我，而以上行为又导致我们习惯性地带着痛苦生活。这真的是对不起自己的行为，因为这样的我们丢失了真正重要的东西。像辞去曾经压抑我的那些职责一样，现在我也要摆脱那些折磨我的苦痛，并且，我发誓，再也不让自己哭泣。

什么令我不安

小时候,我曾看过的美剧《根》(Roots),那是一个关于黑人奴隶昆塔·肯特寻根的故事。因为已过去很多年,具体内容我已经记不清楚,但对于主角昆塔·肯特的印象却相当深刻。当时被奴役的黑人就像猪、牛一样,被视为白人的财产,奴仆逃跑意味着主人财产的损失,所以当发现逃跑的奴仆时,人们好像捡到物品一般,会通知主人。被奴役的昆塔·肯特没有放弃在内心追溯着自己的根,脑海里一直珍藏着年幼时在非洲自由生活的记忆。

我感觉自己也好像是被囚禁在某处,内心十分郁闷,因为我不知道自己是谁。我常因想到某些记忆的碎片,就觉得自己在客观地看待自己了,一出现问题,我就把原因归咎为我原本就是如此。哪怕这些记忆并不完整,我也并不去审视它们,而是一味追随别人对我的判断。从出生至今,我就好像是鸡舍里的鹰,连飞翔都不曾尝试,即便是对当下的生活并不满意，我也觉得这是被决定好的人生，只能顺从。

"我原本就这样"，是一句非常可怕的话，因为它代表着对自己的判定。我曾经对自己的身体有过这样的判定：我原本就体弱多病。因为妈妈曾经说我，出生时哭到无法喝奶，后来又差点因为百日咳死掉，好在被一个医生救活了……小时候，我常常服用各种民间偏方，经常觉得不舒服，也曾经长时间卧床，这些都加深了我觉得自己身体不好的印象，让我从心里接受"我原本就体弱多病"这句话，甚至，小时候为了得到妈妈的关爱，想逃避自己不想做的事时，便总是会利用这个说法。

"我原本就体弱多病"这种自我判定，也持续到我的婚姻生活中，直到我三十多岁，才开始改变。那时，我的肝功能突然恶化，又没有治疗的药物，如果继续这样放任自流，对我的身体没有任何好处，我就只好尽可能地靠自己的意念来舒缓症状。

相较于身体虚弱，更让人痛苦的是肉眼看不见的心理虚弱。外表很强大，但内心却很痛苦。和朋友们聚在一起时，很愉快；独自一人时，就开始害怕。每天晚上，都有个无法甩开的黑色影子追赶着我，我的心被抓住，即使大声呼喊也发不出声音来。我也经常做被关在黑暗的地下深处的噩梦，恐惧就像挂在我身上一样，无法摆脱。这样下去会不会疯掉？我担心自己的状态。这种恐惧就像个复杂的线团，纠缠在一起，常常使我没有原因地生气，突然地感到无力、忧郁，莫名想哭泣。

这种状态，世界上没有人能够理解，就好像我们无法理解一个人的反复不幸，我想，我的情况即使有人想理解也无法理解。

这内心里的战争，如何才能平静呢？有一天，我借着一个梦境，进入自己的不安与恐惧一探究竟。在没有记忆的幼儿时期，我看到像黑盒子的东西，周围是妈妈子宫里的环境。看到这一切，我试图感受当时的心情。我能有这样奇妙的梦境体验，得亏妈妈跟我讲述了很多那时怀我的事。

二十世纪六十年代，身为职业军人的爸爸，从一个部队调到另一个部队，与我们远距离生活了好几个月。当时部队断绝了我们的供给，而那个时期，有钱也难买到米。爸爸不在家时，妈妈必须伺候公公、侄子、刚满月的儿子，并且准备一日三餐。有一天，在后院玩的侄子一不小心点着了火，导致整个房子被点燃，瞬息之间烧成灰烬。

雪上加霜的是，公公因中风倒下，妈妈还必须伺候四肢无法动弹的公公，给他处理大小便。一直到肚子大了起来，妈妈才知道自己怀孕。一连串的意外麻烦，让她根本无法注意到我这个小生命的存在。

在妈妈腹中的我，情绪又是如何呢？我想，我应该是在一直不安地向妈妈呐喊着"看看我，我在这里！"，但尽管如此，却仍不被关心。是啊，连营养都无法保证，哪来的自信与存在感，这就是一个不知何时会突然消失的胎儿。我突然意识到，作为胎儿的我，是多么没有安全感。这种对能否生存都不确定的感受，让我的内心充满了恐惧。认知到胎儿时期的情感，我眼泪溃堤，痛哭失声，终于开始理解自己：就是这个！我不安的根源，就是开始于此。

电影《不死劫》（Unbreakable）里也出现了类似场面：孩子一直低声哭泣，父母感觉好像有什么问题，于是叫来医生看诊。诊察孩子状况后，医生询问这对父母，在孩子出生前是不是曾经想要放弃他？这孩子，天生便手脚残废、脆弱不堪。

当我理解了自己胎儿时期的情绪后，一直以来背负的沉重石块，慢慢地消失不见了。因为找到了内心不安的根源，不安与恐惧开始快速地淡化，心也轻盈了起来，是的，我再也不会被不知名的不安所影响，不会那么软弱无力，我感到自己自由自在。

当我们被无意识牵着走时，对自己所处的境况通常是茫然的，意识的扩展，会让我们变得更加自由。越了解自己，你就越自由。当然，这并不代表可以随意地生活。虽然可以自由选择，但结果却要自己承担。所以，从某种意义上说，越自由，自我约束越不能少。

我们不是
微不足道的存在

大概五岁时,在家门前和爸爸拍了一张照片,照片中,爸爸开怀大笑地站着,而我却是很害怕的样子,抓着爸爸的衣角,站在他身后,只探出一张小脸。爸爸大笑的模样与我皱着眉的表情形成很奇妙的对比,我当时为什么那么害怕?

从小,我就很害怕这个世界。与广袤的世界相较,我的存在是多么微不足道,拥有的一切都很容易崩坏。我像没有皮肤保护的小孩,从未得到安全感,害怕外界的一切。能够想到的最好的自我防御方法,也许就是不逾越父母和世界所给的框架,在家跟随父母、在学校听从老师,在长辈面前总是温顺地行动,以此来保障不被任何人指责、训斥。看着这样的我,妈妈总是说我是个听话的孩子,但事实上我只是太过害怕,不越雷池一步罢了。比起自己的一些想法与情感,先要考虑会不会触碰了"身为女人的禁忌"和会不会耽误"因为是女人而必须做的事"。

婚后，因为是女人不做不行的事情，几乎占据了我全部的人生。对于女人而言最重要的事，就是照料好婆家与丈夫、照顾好生活与孩子，对于男人再自然不过的自己自由安排时间，都是身为女人的我难以享有的。婆家象征自由的客厅，女人理所当然要让给男人使用，女人就应该在厨房这些地方。比起男人在外面活动的时间，女人的活动时间也是受限制的，尤其是晚上、周末，若不是与丈夫共行，那就无法出门。婆家的不公平就像是一块巨大坚硬的岩石，单凭个人的力量是无法推动的，而我只好顺应这种既定的环境。

微小又懦弱的想法连同我内心的欲望与情感，与外部要求的职责之间经常发生战事。想离开安全线的欲望以及脱离安全线便感到危险的恐惧也时常相互抵触，丈夫也并不站在我的立场。"你真自私""欲望太多"这些话都让我踌躇不前，审视自己是否真的自私、欲望太多。为什么我不同于其他女人，只满足于家务？为什么对女人应该做的这些事务，会感到如此委屈？我是不是有什么问题？

周遭已婚妇女因为做出维护自我的行动,而受到"世上也有这种女人？""这也叫妈妈？""还有这种媳妇！"等批评、谩骂，这些不平等的现实情况，我都有看到、听到。如果不想被指责，就安静地做好家务，扮演贤妻良母是最安全的。但我就是无法办到，每天反复无意义的生活，我的生命就好像会这样结束一样，心里充满不平。但却又因为害怕、恐惧，自我束缚，被一路拖行，我好像违法了一样，内心动荡不安。

当时，我好像没有任何希望，觉得人生彻底毁了。事实上，这样的想法并不是现在才出现，在我没有记忆的五岁前，就已有这样的感觉。

婴儿时期我发生过两次危险事件。有时候妈妈说出我没有记忆的危急时刻，我总是像十岁小孩那样傲慢自大地说："那时就应该放着让我死嘛，这样现在我就不用经历这些苦痛了……"

听了这番话的妈妈总是严肃起来，但我是真心的，真的宁愿在不知苦痛的婴儿时期死掉。好不容易摆脱婴儿时期的两次危险困境，但人生的困境并无好转。

孩子们工作了，我也开始从事经济活动，因此又重新满怀希望。因为有了想做的事，充满了干劲。从事经济活动让我有了职责感，那不仅仅是义务，还拥有了共享的权利。作为个人，找到自己想做的事，这是不论男女都应该得到这种权利。无论哪个时代、什么领域，至少要避免因为家庭让女人经历不平等。

丈夫这堵墙又高又坚固。直到攒到能独自生活一段时间的生活费时，我才提出离婚。对我而言，钱就是现实的力量，能决定我放弃只拥有义务而别无选择的媳妇角色，钱也让孩子们独立自主了。之后，我们一家四口曾在同一社区四个不同地方各自生活。如今我建立了属于自己的工作室，还能四处去旅游。

经历过这一切，我体悟到自己再也不是那个无力地站在巨大岩石前无所适从的我了，我的力量、影响力大到惊人，尤其在提起勇气面对巨大高墙时，我的力量变得更加强大。这之后，我才感受到人生的意义，我真正的主人是自己，我的信念开始变得明确，内心拥有足够的力量让自己不再被外力拖着走，小时候对于茫然世界的恐惧也转化为好奇心，仿佛在安全线内生活的温顺小女孩长大了，已完全可以独自探索外界。某个作家曾说：一旦认知到内在的巨大力量，就会永远记得那个强大的自己。

每一个有勇气的行动，都为我的人生开辟了不同的道路，也创造了奇迹，让我明确地认知到自己的诉求，改善了那些看似不可能变好的境遇。回头一看，我已不再是那个不值一提、微不足道的存在。

抛弃幻想
认真生活

是时候让即将大学毕业的女儿独立,跳脱出父母的荫庇了。重新把握自己人生、脱胎换骨的我,告诉女儿:"你现在已经没有什么需要向父母学习的了,我们也曾因无知而经历过不少混乱,现在应向这个世界学习。"

在家以外社会接触与学习新事物,通过这样的接触与学习——检验从小到大向父母习得的那些经验,若是没有价值,完全可以丢弃。我也向女儿提出建议,要她向从小到大觉得理所当然或习以为常的认识提出疑问,要去实践,在亲身经历后,才能确认现在自己的价值观与信念是否真的已经内化。只有经过这些过程,才能真正领悟这一切。

不仅是女儿,我也开始重新学习。女儿向外界学习,而我则是集中精神建造自己的内心花园。回顾过去,我曾独自走进沙漠,走进那只有沙子的贫瘠土地,在那里无法修筑属于自己的花园，那时我的人生不是生路，而是死路。

三十多岁时我的肝功能不是很好，也没有合适的治疗方式，我的状态逐步恶化。在朋友介绍的庆南梁山疗养院暂时疗养。那里都是些医院放弃治疗的癌症晚期患者，医院主张自然疗法。因此，在我回到家后，不时传来在那里相处的人离世的消息。

这病，就算滴酒不沾，肝的状况也会持续恶化，即使当时年轻，我也随时可能面临死亡。与丈夫的爱情也是如此，虽梦想着爱情，两人却好像离得更远了。我想过"如果重新获得健康，重新获得爱情，还能变幸福吗？"，幸福好像已经离我很远了。一年后，虽然恢复了健康，婚姻生活还是处于表面维持的状态着。那是远离幸福的人生，没有希望的人生。直至二十年后，我才找到出口，得以建筑属于自己的花园。

还有一名女性，在贫瘠干渴的人生里建造出自己的花园，她就是电影《紫色》（*The Color Purple*）原著作者爱丽丝·沃克。她生在一个黑人从事阅读写作被视为犯罪、黑人女性世世代代只能作为白人家女仆的时代。爱丽丝·沃克为了能自主生活，逃离了家乡。她忘不了过去曾收到的三件礼物——缝纫机、手提箱，以及可以写作的打字机，那是做女仆的妈妈省吃俭用给她准别的礼物。这三件礼物使她有了独立与自主的可能性，拥有自由灵魂的写作使她可以漫游在世界各地。

我也有两种力量，支持自己摆脱过去的人生，开始自主的新生活：一是每天晚上像镜子般照出自己、在我迷路时指引我归航的"梦"；另一个则是用来写作的"笔记本"。

人在旅途难免受伤，无论是现在，还是未来，在共生关系中，错综复杂的矛盾与问题必然会持续存在，每当这时，想要寻求他人帮助并非是件易事，即使有外界的帮助，也未必找得到自己的人生答案。我是在自己的花园里找到的答案，因为那最优秀的向导总是在内心忠实地等待着我。

人们以为我提出了媳妇的辞职信，年过五十还出了书，现在可以过上幸福日子了，其实不然，到现在我也只是将沉重的担子放下，仍未认真生活过。如同纳欣·希克美（Nazim Hikmet）的诗句：还没跨越过最美丽的大海。现在我只是正准备开启我的人生而已，我想说：我的重生，是想过真的爱自己的人生，我一定会多方了解我真正的人生是什么。

电台制作人郑惠允的书《魔术电台》中，在失误花絮里，最常出现的一句话就是：可以重来一次吗？我想他可能是想修改失误，重新表现一番。我也想重新好好地活一次，"重新"这个词有非同寻常的意义。我想过人生最美好的日子，未来把这句话留在我的墓志铭上：重新再来一次的人生，最美丽。而这就是我重生的理由。

前进的相关建言

※ 生活中遇到的困难，常常需要反转检视，虽然痛苦，但我相信每个事件都有其发生的理由。审视过程,拯救自我。

※ 若有梦想，就必须忍受无聊、重复。

※ 遇到困难想逃避时，想想每件事都有其发生的理由。

※ 既然必须要经历苦痛，那么就通过这些苦痛，来学习和成长。

※ 现在我对所有让我痛苦的事物，都递上辞呈。

※ 要明确地认知自己是谁，我们不像世界所说的那么渺小和脆弱。我们的存在是有影响力的。不要由他人掌握你的人生，去实现真实的自我吧。

结语
像我一样挺自己

不久前接受记者采访，我分享了家里改变后的年节气氛与婆家样貌、自己以及家人的变化等话题。当时，我不自觉地重复着一句话，谈话中途，记者很直接地表示："如果能不再说'微小的勇气'会更好，您明明就做了很伟大的革命呀！"

这也是女儿经常说的一句话，面对女儿，我总是快速敷衍过去。但记者的话，令我很是挂心：为什么我会害怕认同自己？为什么无法欣然接受人们的认同？

第一个问题在于我总是贬低自己。这原因得追溯到幼童时期。从小，除非在大事件中有所作为，不然很难得到妈妈的认同。反之，不管是多么微小的事，一旦让妈妈失望，日后妈妈总会无来由地对我表达不满和不信任。因此，我总得在事情的一开始，就先舍弃想得到母亲认可的心理，这样的态度不自觉地深植于我的意识中，让我总是无法认同自己,并告诫自己"我是不被认可的!",抑或是"你还差得远!",执意地挑剔着自己。

第二个问题在于总希望自己能被外界认可,认为认同必须来自外界。如果听话就会得到奖赏,否则就会受到惩罚。在拥有这种观念的父母与老师以及整个社会风气下长大的我们,习惯了赏罚制度,只有得到外界的赞美与认同,才能确定原来自己做得很好。认为自我认同就是不谦虚,做人不可如此自满。

"我做得很好",这种认知是变化与成长中非常重要的因素,问题是如果认为这种认可只来自外部,悲剧就会发生。当我们得不到外界认同时,就容易认为自己毫无价值,内心因此感到虚弱,长此以往,比起自我认同,得到他人认可,反而更为重要。

与其如此,还不如厚着脸皮欣然接受自己、认同自己。不要等待他人的认可,只要自我认同就可以了,我也是一直鼓励自己去拥有自我认同的勇气。

如今,他人是否了解或是否被他人认可,对我已不再重要。我知道,没有必要为了得到他人认可而费尽心思。我们的人生,不是为了得到他人认可,而是为了自己而行动、改变,这样的人生才能让我感受到真正的快乐。自我改变就是我给自己的认同。

虽然自己改变了婆家文化,也改变了夫妻生活,但要走的路还很长远。现在有许多人认可与支持我的勇气,妹妹开玩笑地说:"姐姐是我们家的荣耀!"虽然现在还不能做到完全坦然,但我告诉自己,我正在不停变化与成长,也做得很好,我为未来会做得更好的自己加油!

我为自己感到骄傲,也请你至少像我一样挺自己。

图书在版编目（CIP）数据

那些婚后才发生的事：女性的婚姻使用说明书 /（韩）英朱著；张容榕译 . — 北京：北京联合出版公司，2023.5
 ISBN 978-7-5596-6231-6

Ⅰ.①那… Ⅱ.①英…②张… Ⅲ.①随笔 - 作品集 - 韩国 - 现代 Ⅳ.① I312.665

中国版本图书馆 CIP 数据核字 (2022) 第 114372 号

결혼 뒤에 오는 것들 Things that come after marriage
Copyright © 2020 by Youngju Kim
All rights reserved.
Translation rights arranged by Prunsoop Publishing Co., Ltd.
through May Agency and CA-LINK International LLC.
Simplified Chinese Translation Copyright © 2022 by SHANGHAI MU SHEN
CULTURE MEDIA CO. ,LTD

北京市版权局著作权合同登记　图字：01-2022-3491 号

那些婚后才发生的事：女性的婚姻使用说明书

作　　者：[韩] 英朱
译　　者：张容榕
出 品 人：赵红仕
策划监制：王晨曦
责任编辑：周　杨
特约编辑：陈艺端
营销编辑：风不动
封面设计：Mlimt_Design
内文设计：陈雪莲
封面插画：陳時一

北京联合出版公司出版
（北京市西城区德外大街 83 号楼 9 层　100088）
北京联合天畅文化传播公司发行
上海盛通时代印刷有限公司印刷　新华书店经销
字数 127 千字　889 毫米 ×1194 毫米　1/32　6.875 印张
2023 年 5 月第 1 版　2023 年 5 月第 1 次印刷
ISBN 978-7-5596-6231-6
定价：59.00 元

版权所有，侵权必究
未经许可，不得以任何方式复制或抄袭本书部分或全部内容
本书若有质量问题，请与本公司图书销售中心联系调换。电话：(010) 64258472-800